古典詩歌研究彙刊

第五輯

龔鵬程 主編

第 6 冊

六朝僧侶詩研究（下）

羅文玲 著

國家圖書館出版品預行編目資料

六朝僧侶詩研究（下）／羅文玲 著 ─ 初版 ─ 台北縣永和市：
花木蘭文化出版社，2009〔民98〕

目 4+176 面；17×24 公分
（古典詩歌研究彙刊 第五輯：第六冊）

ISBN 978-986-6528-55-2（精裝）
1. 詩歌 2. 詩評 3. 六朝文學

820.9103   98000857

ISBN - 978-986-6528-55-2

9 789866 528552

古典詩歌研究彙刊
第五輯 第六冊   ISBN：978-986-6528-55-2

六朝僧侶詩研究（下）

作　　者 羅文玲
主　　編 龔鵬程
總 編 輯 杜潔祥
出　　版 花木蘭文化出版社
發 行 所 花木蘭文化出版社
發 行 人 高小娟
聯絡地址 台北縣永和市中正路五九五號七樓之三
　　　　 電話：02-2923-1455／傳眞：02-2923-1452
網　　址 http://www.huamulan.tw 信箱 sut81518@ms59.hinet.net
印　　刷 普羅文化出版廣告事業
初　　版 2009 年 3 月
定　　價 第五輯 20 冊（精裝）新台幣 28,000 元

六朝僧侶詩研究（下）

羅文玲 著

目

次

第六章　僧侶詩歌的意象及思想表現

　　詩歌是一種以語言為媒介來表現美感經驗的藝術。在梅祖麟與高友工的文章〈論唐詩的語法、用字與意象〉〔註1〕中，將詩歌語言所傳遞的兩重信息，分別稱之為「文意」與「詩意」。「文意」指的是詩歌語言本身具有的意義，「詩意」指超然於文意之外，但是比文意更重要的意義。同時梅、高二人把傳遞文意與詩意的語言，稱之為「論斷語言」與「意象語言」。〔註2〕

　　就詩歌而言，塑造意象的語言是詩歌語言的主體。意象是人們過去的感覺或已被知解的經驗，精神分析學家弗洛依德的學生容格在《論分析心理學與詩歌的關係》中，將意象解釋為人類心理深層集體無意識的一種歷史積澱。他說：

> 每一種原始意象都是關於人類精神和人類命運的一塊碎片，都包含著我們祖先的歷史中重複了無數次的歡樂和悲哀的餘，並且總的說來始終遵循著同樣的路線生成。它就像心裡深層中一道道深深開鑿過的河床，生命之流在這條河床中突然奔湧成一條大江，而不是像從前那樣，在漫無

〔註1〕梅祖麟、高友工著，黃宣範譯，〈論唐詩的語法、用字與意象〉，《中外文學月刊》，第一卷，第十期，民國62月3月，頁61。

〔註2〕梅祖麟、高友工著，〈唐詩的語意研究〉，收入在黃宣範所譯《翻譯與語意之間》，台北聯經出版社。

　　　　邊際而浮淺的溪流中向前流淌。
六朝時代成書的劉勰《文心雕龍》〈神思篇〉：〔註3〕
　　　　是以陶鈞文思……然後使玄解之宰，尋聲律而定墨；獨照
　　　　之匠，窺意象而運斤，此蓋馭文之首術，謀篇之大端。
劉勰此說以木匠勘定墨線和運斧取材為喻，十分形象而且貼切。在詩
歌藝術中，這種通過一定的組合關係，表達某種特定意念而讓讀者得
之言語之外的語言形象，如「黃葉樹」、「白頭人」等，這就是意象。
這類似佛教所說的由六根所造成的六境，包含視覺、聽覺、嗅覺、味
覺以及心理的種種感受。

　　　劉若愚在《中國詩學》中將意象區分為「單純意象」與「複合意
象」，「單純意象」是喚起感官知覺或引起心象而不牽涉另一事物的語
言表現；「複合意象」是牽涉兩種事物的並列或比較，或者一種事物與
另一事物的替換，或者一種經驗轉移為另一種經驗的語言表現。〔註4〕
　　　在這一章中所要討論的問題，分別是「玄」這個字的意象以及
以玄字為首的詞彙，在整首詩中它有何作用及象徵意義；以及僧侶
詩中的自然界意象語彙所寓含的意義為何？再者是關於佛教的語彙
運用，這些詞彙用在詩歌中起了何種作用？從上述這些討論中，作
者試圖探討這些僧侶詩人如何運用這些語彙意象來表現詩的意境與
風格。

第一節　僧侶詩中與佛教有關的意象

　　　僧侶以出家僧人以及詩人的雙重身份來從事詩歌的創作，所以在
詩歌的內容以及語彙上自然會將佛教的用語及思想帶到詩歌之中。在
這一節中，筆者試著對僧侶詩中佛教的人物語彙、意譯語詞作歸納，
並探討這些語彙的用法。
　　　佛教本身是源自印度的外來文化，所以當佛教文化傳入中國時，

〔註3〕劉勰，《文心雕龍》〈神思篇〉。
〔註4〕劉若愚，《中國詩學》，杜國清譯，台北幼獅文化，頁119。

必須透過翻譯的工作，對譯的方法有「音譯」與「意譯」兩種，「音譯」是將外族的語言裡的詞彙連音帶義都接受過來，這是純粹的外來詞；在漢語的音譯詞中，漢字只是記音的符號，這類的語詞如「菩提」、「比丘」、「兜率」、「伽藍」、「沙門」等是屬於「音譯詞」。

　　所謂「意譯詞」，是指拋棄了外來語詞原有的語音形式，而採用漢語的構詞材料，據漢語的構詞方法構成一個新的語彙，以表示一個新的概念呂叔湘先生曾說：「意譯的詞，因為利用本國固有的詞去湊合，應歸入合義複詞，而且也不能算是嚴格的外來詞。譯音的詞，渾然一體，不可分離，屬於衍聲的一類。」〔註5〕

　　無論是音譯或是意譯詞，或者半音半意所創造的語詞，都是因為和外來民族的文化交流，吸取他族人民所介紹的新事物與新的概念。語言是抽象思維的負擔者，抽象思維是客觀事物在人腦中的反映，沒有客觀事物的存在，沒有客觀事物在人腦中的反映，作為抽象思維的負擔者的詞也就不能存在。所以，一個新詞的產生是因為有新概念的產生，而新概念的產生也總有客觀新事物的產生或者是對客觀事物的新認識為基礎。就這個層面來說，即使是意譯的詞，因其「義」是屬於外來的，所以仍然和本國的語詞有本質上的區別。

一、佛教的人物意象

　　在六朝的僧詩中出現一類的意象是與佛教的人物有關的，如「佛」、「維摩詰」、「菩薩」、「釋迦」、「四王」與「飛天」等。

佛	寶誌〈十四科頌〉——佛與眾生不二 寶誌〈十四科頌〉——生死不二 寶誌〈十四科頌〉——色空不二 寶誌〈十四科頌〉——境照不二 傅翕〈十勸〉 傅翕〈示諸佛村鄉歌〉 傅翕〈頌〉

〔註5〕呂叔湘，《中國文法要略》上卷，頁19，商務印書館。

佛陀	傅翕〈行路難〉 傅翕〈行路易〉
彌陀	傅翕〈三諫歌〉
菩薩（薩埵）	支遁〈詠八日詩〉 寶誌〈十四科頌〉——持犯不二 寶誌〈十四科頌〉——善惡不二 傅翕〈十勸〉 傅翕〈獨自詩〉
摩詰、維	寶誌〈十四科頌〉——解縛不二
四王	支遁〈詠八日詩〉
飛天	支遁〈詠八日詩〉
釋迦	支遁〈詠八日詩〉 寶誌〈十四科頌〉——解縛不二
聲聞	寶誌〈十四科頌〉——持犯不二 寶誌〈十四科頌〉——善惡不二
波旬	
大士	寶誌〈十四科頌〉——持犯不二 智藏〈奉和武帝三教詩〉 傅翕〈行路難〉
世尊	寶誌〈十四科頌〉
如來	寶誌〈十四科頌〉——事理不二 寶誌〈十四科頌〉——斷除不二 傅翕〈頌〉 傅翕〈行路難〉 傅翕〈行路易〉
彌勒	寶誌〈十四科頌〉——斷除不二 菩提達摩〈讖〉
文殊	傅翕〈行路難〉
醫王	傅翕〈勸喻詩〉

（一）與「佛」「菩薩」有關的佛教人物語彙

在六朝僧詩中曾經出現的有「佛」、「醫王」、「大士」、「釋迦」、「菩薩」、「文殊」、「彌勒」等語彙。

　　「佛」是 Buddha 佛陀之略，又作佛陀、浮圖、休屠、勃陀、部陀等。譯作智者與覺者。即覺知三世一切諸法者，即自覺、覺他、覺行圓滿者，示現於人類歷史上之佛陀，唯有釋迦牟尼佛。

　　「醫王」是對諸佛菩薩的尊稱。佛菩薩能醫治眾生之心病，故以良醫為喻，而尊稱為醫王。蓋凡夫從無始以來，因煩惱之故沉淪於三途，難以解脫，佛菩薩乃起大悲心了知眾生生老病死等共同之根本煩惱與各別之根機、因緣，而一一施預化益，令得解脫。猶如世間之良醫，善能診察病者，知其病症而治之。《雜阿含經》卷十五，〔註6〕以大醫王所具有之四法成就比喻佛菩薩之善能療病，即 —— 善知病、善知病源、善知對治疾病之法與善治病已，令當來更不復發。《大智度論》卷二十二：〔註7〕「佛如醫王，法如良藥，僧如瞻病人，戒如服藥禁忌」等著名譬喻。

　　「釋迦」即釋迦牟尼，梵語 Caky mumi，亦即釋迦族出身之聖人。略稱釋迦要牟尼、文尼，又稱為世尊、釋尊，即佛教教主。「世尊」為如來十號之一，亦即為世間所尊重者之意，指世界中之最尊者。即「富有眾德、眾祐、威德、名聲、尊貴者」之意。其中，以「世尊」一語最易解知，故自古以來之譯者多以其為意譯，我國即為一例。然在印度，一般用為對尊貴者之敬稱，並不限用於佛教；若於佛教，則特為佛陀之尊稱。在六朝僧詩中還有「如來」〔註8〕來指佛陀的。

　　除了佛之外，在六朝詩中菩薩也是常見的佛教人物如「文殊」、「彌勒」等。

〔註6〕見《大正藏》，第二卷，No.99。
〔註7〕見《大正藏》，第二十五卷，No.1509。
〔註8〕「如來」梵語 tathgata，又作如去，為佛十號之一。即佛之尊稱。為乘真如之道，而往於佛果涅槃之義，又作由真理而來（如實而來），而成正覺之義，故稱如來。佛陀即乘真理而來，由真如而現身，故尊稱佛陀為如來。《長阿含》，卷十二《清淨經》（大一・七五下）：「佛於初夜成最正覺及末後夜，於其中間有所言說盡皆如實，故名如來。復次，如來所說如事，事如所說，故名如來。」又因佛陀乃無上之尊者，為無上之無上，故亦稱無上上。又「如來」之稱呼，亦為諸佛之通號。

　　「菩薩」是「菩提薩埵」之略稱，意譯作道眾生、覺有情、大覺有情、道心眾生，指以智上求無上菩提，以悲下化眾生，修諸波羅蜜行，於未來成就佛果之修行者。經典中所舉出菩薩之異名有——開士、大士、尊人、聖士、超士、上人、無上、力士、無雙等。諸經典三舉之菩薩名，有彌勒、文殊、觀世音、大勢至等。大乘僧侶或居士，亦有被尊爲菩薩者，如竺法護被尊爲敦煌菩薩，道安爲印手菩薩。

　　菩薩又可以稱作「大士」梵語 mahpurua，對佛之尊稱之一。梵語 mahsattva，爲菩薩之美稱。音譯作摩訶薩埵，又作摩訶薩，與「菩薩」同義，經中每用「菩薩摩訶薩」之連稱。菩薩爲自利利他、大願大行之人，故有美稱。一般而言，摩訶薩埵如譯成「大士」時，則菩薩多譯成「開士」，然皆指菩薩而言。

　　「彌勒」，意譯作慈氏。釋尊曾預言授記，當其壽四千歲（約人間五十七億六千萬年）盡時，將下生此世，於龍華樹下成佛，分三會說法。以其代釋迦牟尼說法，稱作一生補處菩薩，至彼時已得佛格，故亦稱彌勒佛。

　　文殊，音譯作文殊師利，曼殊室利、滿祖室利，意譯爲妙德、妙吉祥、妙樂、法王子。又稱文殊師利童眞、孺童文殊菩薩。爲我國佛教四大菩薩之一。一般稱文殊師利菩薩，與普賢菩薩同爲釋迦佛之脅侍，分別表示佛智、佛慧之別德，所乘座之獅子，象徵其威猛。

（二）與天界人物有關的語彙

　　佛教人物中有一類是屬於天道的人物，如魔王「波旬」以及「四王」、「飛天」等都是六朝僧詩中的佛教人物。

　　「波旬」，經典中又常作「魔波旬」（梵 Mra-ppman）。意譯殺者、惡物、惡中惡、惡愛。指斷除人之生命與善根之惡魔。爲釋迦在世時之魔王名。據《太子瑞應本起經》卷上載，波旬即欲界第六天之主。《大智度論》卷五十六﹝註9﹞謂，魔名爲「自在天王」。此魔王常隨逐

﹝註9﹞見《大正藏》，第二十五卷，No.1509。

佛及諸弟子，企圖擾亂之；而違逆佛與擾亂僧之罪，乃諸罪中之最大者，故此魔又名「極惡」。窺基之《大乘法苑義林章》卷六（大四五・三四八中）：「梵云魔羅，此云擾亂障礙破壞；擾亂身心，障礙善法，破壞勝事。（中略）又云波卑夜，此云惡者，天魔別名，波旬，訛也，成就惡法、懷惡意故。」

「四王」，指的是東面的持國天王（Dhrtarastra）、南面之增長天王（Virudhaka）、北面之多聞天王（Dhanada）、西面之廣目天王（Virupaksa）。東方持國天王能護持國土，住賢上城；南方增長天王能令眾生善根增長，住善見城；西方廣目天王能淨天眼常觀護閻浮提，住周羅善見城；北方多聞天王能賜福德並知聞四方，住可畏、天敬、眾歸三城。又以上諸城苑林、池塘間均有寶階道互得往返。此四天王與梵天共同守護佛法之事散鑒於諸經中，故古來對四天之信仰極爲興盛。

「飛天」，飛於空中，以歌舞香花供養諸佛菩薩之天人，印度自古以來即盛行飛天之傳說，於各大佛教遺跡中，皆有飛天之壁畫。

（三）「維摩」的人物意象

在六朝僧詩中，「維摩」的人物形象在僧詩中是相當常出現的，也是值得注意的。

《維摩詰經》所描繪的維摩詰是大乘佛教所塑造的一個理想「居士」形象。維摩詰原是印度毘耶離城的富商，他居家修道，號稱維摩居士。他曾以稱病爲由，與釋迦牟尼派來問病的文殊師利菩薩反復論說佛法，其論說佛法義理深奧，深爲文殊菩薩所敬服。他認爲要達到解脫的境界不一定要過嚴格的出家修行生活，關鍵在於主觀上要遠五欲、無所貪。

維摩詰是以在家的居士身份來修行，集中表現了大乘佛教濟度眾生的菩薩境界。維摩詰這一形象突破了佛教出家的形象，爲佛教的傳播，以及中國文人參禪習佛提供了方便之門，也因此在中國知識階層興

起綿延千年之久的居士佛教，同時也產生一大批居士詩人或是在家的「詩僧」。他們以維摩居士爲偶像，《維摩詰經》在南朝時代與《周易》、《老子》、《莊子》（當時稱之爲「三玄」）一併成爲士大夫不離手的書籍。

在傅翕的〈三諫歌〉中，以「彌陀」爲首的意象有「彌陀佛」、「彌陀屋」、「彌陀房」、「彌陀路」、「彌陀鄉」、「彌陀口」。

「佛」、「菩薩」、「四王」等語彙，依中國的語言習慣，偏向於指涉超現實的神格人物，祂們所表徵的是高遠的聖者境界，也是人格最圓滿，佛教徒最崇敬的佛教人物。但是因爲其生命境界超乎一般人的經驗，所以難以具體表現其人格特質與精神境界，但是當詩中用「佛」、「菩薩」、「大士」這些語彙時，多用來象徵最高的涅槃境界或是宗教的體悟境界。六朝僧詩對於人物意象的運用仍是處於不純熟的階段。

僧侶以其方外人的身份從事詩歌創作，但是此時期中，仍未見到與「僧」有關的語彙出現，必須到唐代以後才有與「僧」字有關的語彙。

二、與佛教的建築或地方有關的意象

六朝僧詩中出現的佛教建築物或地方有關的語彙，〔註 10〕大致有幾類：

〔註10〕六朝僧詩與佛教建物或地方有關的語彙

兜　率	支遁〈詠八日詩〉
須　彌	傅翕〈行路易〉
閻　浮	支遁〈詠八日詩〉 傅翕〈刪路易〉
鹿　苑	傅翕〈行路難〉
地　獄	傅翕〈率題〉
阿鼻獄	傅翕〈勸喻詩〉

兜率，梵名 Tuita。又作都率天，兜術天、兜率陀天、兜率多天、兜師陀天、睹史多天、兜駛多天。意譯知足天、妙足天、喜足天、喜樂天。乃欲界六天之第四天，位於夜摩天與樂變化天之間。此天有內外兩院，兜率內院乃即將成佛者（即補處菩薩）之居處，今則爲彌勒菩薩之淨土；彌勒現亦爲補處菩薩，顧此宣說佛法，若住此天滿四千歲，即下生人間，成佛於龍華樹下。又昔時釋迦如來身爲菩薩時，亦從此天下生人間而成佛。

1. 以動物意象修飾佛教建物者，如「鷲嶺」、「靈鷲」、「鹿苑」。靈鷲，音譯耆闍窟。位於中印度摩揭陀國王舍城東北。簡稱靈山，或稱鷲峰、靈嶽。山形似鷲頭，又以山中多鷲，故名。如來嘗講法華等大乘經於此，遂成爲佛教勝地。我國諸山之號稱靈鷲或靈山者，皆沿襲其名。如福建福清之北有鷲峰、浙江杭縣之飛來峰亦名靈鷲山等。

2. 以有關佛教典故象徵佛教建物者，如「化城」、「雪山」、「靈山」、「法城」、「仙洲」、「涅槃城」、「方等城」、「眞如房」、「三菩室」、「彌陀屋」、「彌陀房」、「彌陀鄉」、「王舍城」、「靈竹園」。

3. 以清淨等形容詞修飾佛教建築物者，如「靈境」、「淨地」、「淨域」、「清淨土」、「神宇」。

4. 以「梵」語彙來修飾佛教建物，如「梵宇」、「梵宮」、「梵王宮」、「梵室」、「梵刹」等。「梵」具有清淨之義，從事清淨之行，稱爲「梵行」。佛菩薩之音聲，稱作梵音、梵聲。佛堂伽藍又稱梵刹、梵宇。

5. 與金銀珠寶有關的語彙修飾者，如「寶地」、「寶蓮池」、「金堂」、「珍寶殿」。

6. 其他與佛教的地方有關的語彙，如「兜術」〔註11〕、「須彌」〔註12〕、「阿鼻獄」、「閻浮」、「伽藍」、「道揚」、「紫闕」、「天台峻」。〔註13〕

〔註11〕須彌，又作蘇迷盧山、須彌盧山、須彌留山、修迷樓山。略作彌樓山（梵 Meru）。意譯作妙高山、好光山、好高山、善高山、善積山、妙光山、安明由山。原爲印度神話中之山名，佛教之宇宙觀沿用之，謂其爲聳立於一小世界中央之高山。以此山爲中心，周圍有八山、八海環繞，而形成一世界（須彌世界）。

〔註12〕天台，在今浙江天台縣北，仙霞嶺山脈的東支，爲著名的名勝，山上有寺。
見（唐）道宣，《廣弘明集》危三十，台北市：中華書局。
見《古今禪藻集》，卷一。

〔註13〕天台，在今浙江天台縣北，仙霞嶺山脈的東支，爲著名的名勝，山

　　佛教的出世性格，使得這些與佛教有關的語彙，在無形中顯得與一般紅塵俗世形成不同的獨立世界。當詩人以佛教建築物入詩時，往往是藉由描繪建築清淨無染的美感，並藉以烘托自己的心境。如支遁的〈詠八日詩〉：〔註14〕

　　　　眞人播神化，流淳良有因。龍潛兜術邑，漂景閻浮濱。伫駕三春謝，飛轡朱明旬，八維披重葛，九霄落芳津。玄祇獻萬舞，般遮奏伶倫。淳白凝神宇，蘭泉澆色身。投步三才泰，揚聲五道泯，不爲故爲貴，忘奇故奇神。

再如隋玄遠的〈言離廣府還望桂林去留愴然自述贈懷詩〉：〔註15〕「標心之梵宇，運想入仙洲。嬰痼乖同好，沉情阻若抽。」這裡都是藉由神宇、兜術、仙洲、梵宇等語彙，來表達對於佛法的好樂與欣羨之心。

　　傅翕〈三諫歌〉中，用了許多以「彌陀」爲首的語彙，如「彌陀房」、「彌陀屋」、「彌陀鄉」、「彌陀路」、「彌陀口」。

　　　　若欲求念彌陀佛，東西南北是西方。
　　　　西方彌陀觸處是，面前北後七重行。
　　　　或黃或赤或紅白，或大或小或智長。
　　　　天蓋正是彌陀屋，木孔木穿彌陀房。
　　　　天上空中彌陀路，草木正是彌陀鄉。
　　　　日夜前後嘈嘈鬧，正是彌陀口放光。
　　　　若欲禮拜彌陀佛，不用思想強干忙。
　　　　若不誑人是禮拜，若不求人是道場。
　　　　努有自使三功作，殷勤肆力種衣糧。
　　　　山河是家無盡藏，草木是人常滿倉。
　　　　泥水是人常滿庫，藤蘿是人無底囊。
　　　　多作功夫自成就，自行手腳熱嚴裝。
　　　　若欲往生安樂國，只是簡物是西方。

上有寺。
〔註14〕見（唐）道宣，《廣弘明集》，卷三十，台北市：中華書局。
〔註15〕見《古今禪藻集》，卷一。

三、與佛教的教理有關的意象

　　僧詩中有一類的語彙是用比喻造詞，這在佛教的意譯的語詞中是相當廣泛的用法，如以「法」為本體的語詞，以「心」為本體的語詞，以「煩惱」為本體者，這些都是相當常見的語彙。

（一）以「心」為本體者

　　「心」在佛經中用義甚多，可以泛指一切精神現象，與「意」、「識」等概念同，如「心地」、「心樹」、「心波」等詞屬於此義；亦可以作八識之一，第八識「阿賴耶識」之別名，指一切善惡種力含藏之所，如「心田」的用法；也可用來指清淨無染之心性，如「心鏡」即屬此義。

　　心香，這是指心中虔誠如爇香供佛也。梁簡文帝文曰：「窗舒意蕊，室度心香。」

　　心目，心與目即意識與眼識也。得見色境者，五後之意識與眼識相依而成之，故曰心目。竺法崇〈詠詩〉：「皓然之氣，猶在心目。山林之氣，往而不反。」〔註16〕又《楞嚴經》一曰：「如是愛樂，用我心目。由目觀見如來色相故，心生愛樂。」

　　心地，心為萬法之本，能生一切諸法，故曰心地。又修行者依心而近行，故曰心地。《大乘本生心地觀經》卷八：「三界之中以心為主，能觀心者究竟解脫，不能觀者究竟沉淪，眾生之心猶如大地。五穀五果從大地生，如是心法生世出世善惡五趣有學無學獨覺菩薩及於如來。以此因緣三界唯心，心名為地。」〔註17〕如唐寒山詩：「我自觀心地，蓮花出淤泥。」

　　心田，人所造作的業，善與惡的種子隨各人之緣在心內滋長，如田地生長五穀雜糧般。即心能生善惡之苗，故名之。西晉竺法護所譯《諸佛要集經》〈福行品〉：「愚痴著欲舍正法眼。……不護彼禁戒，樂造作諸惡，心田善種子，則無由生長。」〔註18〕

〔註16〕《高僧傳》，卷四〈竺法崇傳〉。
〔註17〕《大正藏》，第三卷，本緣部上，159號。
〔註18〕《大正藏》，第十七卷，經集部四，810號，

（二）以「法」為本體

「法」為通於一切之語。小者大者，有形者，無形者，真實者，虛妄者，事物其物者，道理其物者，皆悉為法也。《大乘義章》卷十：「法者，外國正音名曰達磨，亦名曇無。本是一音傳之別耳，此翻為法，法義不同。汎釋有二，一自體名法，二者軌則名法。」《經律異相》卷十三引《大智度論》卷二：「諸天禮迦葉足，說偈讚嘆，大德知否？法船欲破，法城欲積，法海欲竭，法幢欲倒，法燈欲滅，說法人去，行道漸少，惡人轉盛，當以大慈建立佛法。〔註19〕」這一段記載中，連用「法船」、「法城」、「法海」、「法幢」與「法燈」五個語彙，形象有力的讚頌佛法的力量與作用。

「法鼓」，佛法能滅惡，使眾生進善，猶如兩軍交戰，激士鬥志之鼓。《菩薩瓔珞經》〈比喻品〉：「以法講授人，如空無所念，法鼓震大千，十善功德具。」支遁〈八關齋詩〉之一：〔註20〕
　　　法鼓進三勸，激切清訓流。悽愴願宏濟，闡堂皆同舟。」

「法雨」，意指佛法普利眾生如雨能潤澤萬物。謝靈運〈慧遠法師誄〉：「仰弘如來，宣揚法雨。」《無量壽經》卷上：「澍法雨。」隋吉藏《無量壽經義疏》：「澍雨有潤澤之功，譬說法能沾利眾生也。」

「法雲」，佛法如雲，覆蓋一切。《華嚴經》〈入法界品〉：「深入菩薩行，樂聞勝法雲。」

「法城」其意為正法能夠遮防非法，所以稱之為法城。同時又涅槃的妙果是可以棲身之所，故曰城。隋慧曉的〈祖道賦詩〉：
　　　生平本胡越，閩吳各異津。聯翩一傾蓋，便作法城親。

「法流」是指正法相續不斷，如水之流。在隋僧玄逸〈贈懷詩〉
〔註21〕
　　　標心之梵宇，運想入仙洲。嬰痼乖同好，沉情阻若抽。

〔註19〕《大智度論》見《大正藏》，卷二十五，釋經論部上，1509。
〔註20〕見（唐）道宣，《廣弘明集》，卷三十，台北市：中華書局。
〔註21〕見《古今禪藻集》，卷一。

葉落乍難聚，情離不可收。何日乘杯至，詳觀演法流。

四、關於「空」的語彙及其意象

在僧侶詩中亦常見以「空」字爲首，主要是屬於形容詞性，主要
從事物的特徵方面進行修飾，如空王、空門、空性、空相、空觀等語
彙。

「空」字之義是指因緣所生之法，究竟而無實體曰空，《維摩詰
經》〈弟子品〉：「諸法究竟無所有，是空義」。〔註22〕

鳩摩羅什的〈十喻詩〉：〔註23〕

十喻以喻空，空必待此喻。借言以會意，意盡無會處。既
得出長羅，住此無所住。若能映斯照，萬象無來去。

詩中所云「十喻以喻空，空必待此喻。」亦即設十個譬喻目的在說明空
的道理，《摩訶般若波羅蜜經》〔註24〕〈序品〉：「解了諸法，如幻、如
燄、如水中泡、如虛空、如響、如乾闥婆城、如夢、如影、如鏡中像、
如化。」這也就是般若十喻，這十個譬喻都是在說明「空」的道理。

「空無」，其意爲一切事物均無自性。《維摩詰經》卷九：「觀於
空無，而不舍大悲。」注曰：「肇曰：諸法之相，唯空唯無。然不以
空無舍於大悲。」支遁的〈詠懷詩〉之二：〔註25〕

端坐鄰孤影，眇罔玄思劬。偓寒收神轡，領略綜名書。涉
老咍雙玄，披莊玩太初。詠發清風集，觸思皆恬愉。俯欣
質文蔚，仰悲二匠徂。蕭蕭柱下迴，寂寂蒙邑虛。廓矣千
載事，消液歸空無。無疑復何傷，萬殊歸一塗。道會貴冥
想，罔象掇玄珠。悵怏濁水際，幾忘映清渠。反鑒歸澄漠，
容與含道符。心與理理密，形與物物疏。蕭索人事去，獨

〔註22〕關於「空」義，《大乘義章》二曰：「空者就理彰名，理寂名空。」「空
者理之別目，絕眾相故名爲空。」《萬善同歸集》五曰：「教所明空，
以不可得故，無實性故，是不斷滅之無，」

〔註23〕見《藝文類聚》，卷七十六。

〔註24〕見《大正藏》，卷八，No.223。

〔註25〕見（唐）道宣，《廣弘明集》，卷三十。

與神明居。

詩中「消液歸空無」，是指用道家以金液還丹的方法來養生，以達到空無的境界。

「空寂」，其意是無諸相曰空，無起滅曰寂。《維摩詰經》〈佛國品〉〔註26〕：「不著世間如蓮花，常善入於空寂行。」《心地觀經》一曰：「今者三界大導師，座上跏趺入三昧，獨處凝然空寂舍，身心不動如須彌。」

「空同」，支遁〈詠禪思道人〉：〔註27〕

懸想元氣地，研幾革粗慮。冥懷夷震驚，怕然肆幽度。曾荃攀六淨，空同浪七住。逝虛乘有來，永爲有待馭。

其中「空同浪七住」是說若於諸法作空觀，則可證得七常住果。〔註28〕

「空相」，由因緣所生之法，無有自性，是空之相狀。《般若波羅蜜多心經》：「是諸法空相不生不滅，不垢不淨，不增不減。」《大智度論》六曰：「因緣生法，是名空相，亦名假名，亦說中道。」〔註29〕

「性空」，指一切有爲法，沒有自己固定的特質。《大智度論》卷三十一：「性名自有，不待因緣。」而世上並沒有不待因緣的孤立事物，故說「眾生空、法空，終歸一義，是名性空。」〔註30〕

上述這些與「心」、「法」、「空」有關的語彙，在六朝僧侶詩中可見到僧侶運用在作品中，與佛教的教理是有密切的關係，而且這些語彙在詩歌中，具有濃厚的佛教氣習。從這些語彙在僧詩中所表現的意味是以說理爲主的，因此引用這些語彙的詩作以佛理詩爲多。

在僧詩創作的初期，這樣的語彙特色，可以看出佛教在六朝時期的弘傳，以介紹佛教義理爲主的情況，在僧詩中可見一些端倪。

〔註26〕《大正藏》，卷十四，No.474。
〔註27〕見《廣弘明集》，卷三十。
〔註28〕《楞伽經》，卷四，明七種常住法－菩提、涅槃、眞如、佛性、空如來藏、大圓鏡智、庵摩羅識。
〔註29〕《大正藏》，卷二十五，釋經論部上，1509號。
〔註30〕同上引。

第二節　僧詩中的與自然有關的意象

此章節是就語彙的表現功能上來談的，所謂的象徵型意象，是以某一特定的物象暗示人生之某一事實者。亦即所指稱的意義在同一個作者或者是不同作者的許多作品中都被不斷的重複著，成爲引出某種現成思路的固定詞彙。

在六朝僧侶詩中有一些語彙，是具有一些象徵意義的，而且這些意象都是與自然有關的，如「海漚鄉」、「滄浪」、「波浪」、「塵累」與「浮漚」等。這些語彙都是借用自然界的現象來說明人世間的紛擾與多變。

另外還有一類是與自然界的植物有關的意象，即以「蓮」出淤泥而不染的特質藉以象徵佛教的清淨無染。如「蓮崖」、「蓮座」、「蓮香」、「蓮華」、「般若蓮」等。

一、「浮漚」的意象

如傅大士的〈浮漚歌〉中關於「浮漚」的意象：

> 君不見驟雨近著庭際流，水上隨生無數漚。一滴初成一滴破，幾回銷盡幾回浮。浮漚聚散無窮已，大小殊形色相似。有時忽起名浮漚，銷盡還同本來水。浮漚自有還自無，象空象實總名虛。究竟還同幻化影，愚人喚作半邊珠。此時感嘆閑居士，一見浮漚悟生死。皇皇人世總名虛，暫借浮漚以相比。念念人間多盛衰，逝水東注永無期。寄言世上榮豪者，歲月相看能幾時？

在這首詩中要討論的「浮漚」這個語彙的用法與涵義。浮漚的意思是水面的泡沫，佛教常用以喻變化無常的人生和世事。

以浮漚譬喻一切法以及世事的遷流變化，無常變遷，這本來是佛家常引用的語詞，在經典中也是相當常見的用法。舉例證如：

唐般刺蜜帝譯《楞嚴經》上說：〔註31〕

〔註31〕全名爲《大佛頂如來密因修證了義諸菩薩萬行首楞嚴經》，《大正藏》，卷十九，密教部二，No.945。

如湛巨海流一浮漚，起滅無從。

鳩摩羅什譯《維摩詰所說經》卷中〈觀眾生品〉言：

如智者見水中月，……，如水聚沫，如水上泡，……菩薩
觀眾生為若此。〔註32〕

不空所譯《仁王經》：

諸法緣成，蘊處界法，如水上泡。〔註33〕

以浮漚作譬喻，在唐宋的文學作品或是記載中亦可見到，如《全
唐詩》中有十二筆與「浮漚」有關的詩，〔註34〕顧況〈露清竹杖歌〉：
「浮漚丁子珠聯聯，灰煮蠟楷光爛然。章仇蒹瓊持上天，上天雨露何
其偏。」〔註35〕張籍〈和李僕射雨中寄盧嚴二給事〉：「郊原飛雨至，
城闕濕雲煙。并點時穿墉，浮漚歌上階。」〔註36〕李遠〈題僧院〉：「不
用問湯休，何人免白頭。百年如過鳥，萬事盡浮漚。」〔註37〕以及李
洞的〈秋宿梓州牛頭寺〉：「石室僧調馬，餵何客問牛。曉樓歸下界，
大地一浮漚。」〔註38〕

寒山與拾得的詩是值得注意，他們是以「浮漚」來比喻人生的變
化不定，寒山詩：「貪愛有人求快活，不知禍在百年身。但看陽燄浮
漚水，便覺無常敗壞人。」〔註39〕拾得詩：「水浸泥彈丸，思量無道
理。浮漚夢幻身，百年能幾幾。」〔註40〕

〔註32〕《大正藏》，卷十四，No.547b。
〔註33〕《大正藏》，第八卷，No.838c。
〔註34〕與「浮漚」有關的詩，顧況〈露清竹杖歌〉，張籍〈和李僕射雨中
寄盧嚴二給事〉，李遠〈題僧院〉，李洞〈秋宿梓州牛頭寺〉，姚合
〈酬任疇協律夏中苦雨見寄〉，姚合〈奉和門下相公雨中寄裴給
事〉，陸龜蒙〈奉酬襲美苦雨四聲重寄三十二句〉，陳陶〈謫仙詞〉，
鄭縉〈浮漚為辛明府作〉，寒山〈詩三百三首〉，拾得〈詩〉，召嚴
〈沁園春〉。
〔註35〕《全唐詩》，冊八，卷二六五，頁2940，台北市：台灣中華書局。
〔註36〕《全唐詩》，冊十二，卷三八四，頁4327。
〔註37〕《全唐詩》，冊十五，卷五一九，頁5930。
〔註38〕《全唐詩》冊二十一，卷七二二，頁8291。
〔註39〕《全唐詩》冊二十三，卷八〇六，頁9073。
〔註40〕《全唐詩》冊二十三，卷八十七，頁9109。

　　宋代的文獻中與「浮漚」有關的例子，如：

　　《祖堂集》卷十一〈越山鑒眞大師〉記載，越山因睹雪峰寫眞而有偈曰：

> 眞是本源，頂是方圓，彌淪不懷，實相無邊，恆沙劫數，古今現前。漚起漚滅，空手空拳，此之相貌，三界亦然。〔註41〕

　　《景德傳燈錄》卷十五〈澧州夾山善慧大師〉：〔註42〕

> 勞持生死法，唯向佛邊求。目前迷正理，撥火見浮漚。

　　《景德傳燈錄》卷二十三〈襄州洞山守初大師〉：〔註43〕

> 水上浮漚呈五色，海底蛤蟆叫月明。

　　《景德傳燈錄》卷五〈司空山本淨禪師〉：〔註44〕

> 見道方修道，不見復何修？道性如虛空，虛空何處修？遍觀修道者，撥火覓浮漚。但看覓傀儡，線斷一時休。

　　《祖堂集》卷九〈落浦和尚〉有〈浮漚歌〉：〔註45〕

> 秋天雨滴庭中水，水上漂漂見漚起，前者已滅後者生，前後相續何窮已。本因雨滴水成漚，還因風激漚歸水，不知漚水性無殊，隨他轉變將爲異。外明瑩、內含虛，內外玲瓏若寶珠，正在澄波看似有，及乎動著又如無。有無動靜事難明，無相之中有相形，祇知漚向水中出，豈知水亦從漚生！權將漚體況余身，五蘊虛纂假立人，解達蘊空漚不實，方能明見本來眞。

在上述的記載中，「浮漚」一詞有幾層的涵義，一是以「浮漚」來比喻人世間的遷流變化以及萬法皆歸空無；二是比喻佛法的實相是本空的，非修習可得；再者是譬喻法性本是空寂，並以此來喻指實相與三界皆空。

〔註41〕《祖堂集》，第十一卷，〈越山鑒眞大師〉。

〔註42〕《景德傳燈錄》，宋釋道原編著，新文豐出版公司，民國82年一版六刷。

〔註43〕《景德傳燈錄》，卷二十三，頁455。

〔註44〕此首偈頌亦記載於《祖堂集》，卷三，〈司空山本淨和尚〉。又見於《景德傳燈錄》，卷五，頁99。

〔註45〕《祖堂集》五代南唐靜禪師與筠禪師合編，第九卷，〈落浦和尚〉。

在傅大士的〈浮漚歌〉中，由「浮漚」的特質是「浮漚自有還自無，象空象空總名虛」、「浮漚聚散無窮已」，他觀察到浮漚生滅變化非常迅速，而體悟到人生是虛幻不實的，也體察到人間的盛衰流轉之迅速。

關於浮漚的意象，在《寶藏論》亦曾提到：〔註46〕

> 譬如水流風聲成泡，即泡是水，非泡滅水。譬如泡壞為水，水即泡也，非水離泡。

這裡的論述相當符合浮漚的特質，即生滅變化非常的迅速，是念念不住的，所以真正有修行者，透徹人生是虛幻不實的實相，又見到「浮漚」的生滅無常，故發出「一見浮漚悟生死」如此之慨嘆。

二、以「塵」為首的意象，來比喻紅塵俗世的紛擾

以「塵」字為首的語彙意象，也是值得留意的，如「塵累」、「塵有封」、「塵染」、「埃塵」等語彙的涵義與用法，及其象徵的意義為何，在下文中將作較深入的討論。

「塵」字在《說文》：「塵，鹿行揚土也，從鹿，從土。」段玉裁注：「群行則塵土甚，引申為凡揚土之偁。」《左傳‧成公十六年》：「甚囂，且塵上矣。」塵作塵土與灰塵，這是就其本義來說。

《老子》第四章：「和其光，同其塵」河上公章句：「常與眾庶同垢塵，不當自別殊。」〔註47〕就這段記載而言，「塵」是作世俗而言，這樣的用法在陶淵明的〈歸園田居〉五首之二「白日掩荊扉，虛室絕塵想。」此處的「塵想」就是指世俗的想法。

在佛教中稱人間為塵，謂一切世間之事法，染污真性者為「塵」。《法界次第》：「塵即垢染之義，謂此六塵能染污真性故也。」

六朝僧詩中，如支遁〈詠利城山居〉：〔註48〕

> 五嶽盤神基，四瀆湧蕩津。動求目方智，默守標靜仁。苟

〔註46〕《大正藏》，第四十五卷，147c。
〔註47〕《老子釋譯》，第四章，頁19。
〔註48〕見（唐）道宣，《廣弘明集》，卷三十，台北市：中華書局。

> 不宴出處，託好有常因。尋元存終古，洞往想逸民。玉潔
> 箕巖下，金聲瀨沂濱。捲葦藏紛霧，振褐拂埃塵。跡從尺
> 蠖屈，道與騰龍伸。峻無單豹伐，分非首陽眞。長嘯歸林
> 嶺，瀟灑任陶鈞。

「埃塵」除了指塵埃、灰塵之外，亦隱含著塵世的凡情俗事之意。與上句中的「紛霧」是同樣的意涵，都是影射人世之間的紛紛擾擾與無奈。

又如慧遠〈五言奉和王臨賀喬之〉：

> 超遊罕神遇，妙善自玄同。徹彼虛明域，曖茲塵有封。眾
> 阜平寥廓，一岫獨凌空。

此處「塵有封」所指的就是塵境、塵世。佛教稱人間爲塵，封是指界域。所以這首詩中的「塵封」，亦含有紛擾的俗世之意。

同樣是慧遠之作的〈五言奉和張常侍野〉：

> 竭來越重垠，一舉拔塵染。遼朗中天盼，向豁遐瞻兼。

此「塵染」所指的就是塵世的染污，是就著佛教的定義來說明的。

三、與「蓮」有關的佛教意象

六朝僧詩中與自然界的植物有關的意象，即是以「蓮」出淤泥而不染的特質藉以象徵佛教的清淨無染。如「蓮崖」、「蓮座」、「蓮香」、「蓮華」、「般若蓮」等。

傅大士〈行路難〉之四：「若捨塵勞更無法，喻如蓮花生淤泥。如來法身無別處，普遍三界苦泥犂。」

蓮華，通常於夏季開花，味香色美，生於污泥之中，而開潔淨之花。印度古來即珍視此花。佛教亦珍視之，如佛及菩薩大多以蓮華爲座。《觀無量壽經》載，阿彌陀佛及觀音、勢至二菩薩等，皆坐於寶蓮華上；眾生臨終時，彼佛等蓮臺來迎九品往生之人。又後世佛、菩薩等像，大多安置於蓮華臺上；蓮華亦常作爲供養佛、菩薩之具。

在經典中，形容佛眼之微妙，即以其葉爲喻；口氣之香潔則以其花爲喻。青蓮華爲千手觀音四十手之右一手所持物，此手即稱青蓮華

手。又據梁譯《攝大乘論》卷十五記載，蓮花有香、淨、柔軟、可愛等四德，而以之比喻法界眞如之常、樂、我、淨四德。於《華嚴經》、《梵網經》等蓮華藏世界之說。

蓮華在僧侶詩中所呈現的象徵意義，就是清淨無染以及高潔的意味，當僧侶在運用這樣的語彙時，在詩中就富有濃郁的方外之味。

四、僧詩中其它與佛教有關的語彙

僧侶詩中也用其它語彙來譬喻人生的苦厄與紛擾，如「波浪」、「塵累」、「海漚鄉」、「滄浪」等。如支遁〈詠大德詩〉：〔註49〕

邁度推卷舒，忘懷附圓象。交樂盈胸襟，神會流俯仰。大
同羅萬殊，蔚若充句網。寄旅海漚鄉，委化同天壤。

這裡「海漚」是指海水裡的泡沫，和「浮漚」的用法是相同的，「海漚鄉」則是譬喻人事起滅無常的世間，是變幻莫測，猶如泡沫般生滅無定。

再如「滄浪」，出自支遁〈五月長齋詩〉〔註50〕中，其詩云：「誰謂冥津遠，一悟可以航。願爲海遊師，權柂入滄浪。騰波濟漂客，玄師會道場。」

從上述的討論中，「浮漚」、「塵」等自然語彙，本來都只是自然界的現象，後來都轉化成佛教的用語，喻指人世之間的紛紛擾擾以及人生的變化不定，這是六朝僧侶詩的語言特色之一。

這些佛教語彙用在僧詩中，所表現的是異於世俗紅塵的出世思想，詩僧將大自然的現象，轉化成人本身的感受，主要是受佛教思想的影響。

第三節　六朝僧侶詩中的其它意象

受到六朝玄風暢行風氣的影響，六朝僧詩中出現許多以「玄」爲

〔註49〕見（唐）道宣，《廣弘明集》，卷三十，台北市：中華書局。
〔註50〕見（唐）道宣，《廣弘明集》，卷三十，台北市：中華書局。

首的字，如「玄津」、「玄中經」、「玄谷」、「玄芳」等，有屬於自然的
語彙，也有與人生有關的語彙。

「玄」字之義有很多，如《後漢書》〈張衡傳〉李賢注引桓譚《新
論》說：「揚雄作《玄書》，以爲玄者天也，道也。」李賢注又解釋〈思
玄賦〉篇名：「玄訓，道德之訓也。」同樣在一個注中，但是所述「玄」
字之意，便有「天」、「道」、「道德」三種，其字義之紛紜可想而知。

在《說文解字》〔註51〕中：

　　玄，幽遠也。黑而有赤色者爲玄。象幽而入覆之也。

「黑而有赤色」應該是「玄」的原始含義。這種顏色很深，因此「玄」
即具有「深」義，如《楚辭・九章・惜往日》：〔註52〕

　　臨沅湘之玄淵兮，遂自忍而沉流。

同時這種顏色常被用來形容遠處的幽暗不明的狀態，故「玄」又有「遠」
義，如《南史・宋本紀上》：〔註53〕

　　夫玄古權輿，悠哉邈矣，其詳靡得而聞。

在現代漢語中，「深遠」常在抽象意義上使用，在古代也是如此，如
《老子》第六十五章：「玄德，深矣，遠矣！」王弼的注又重複一遍：
「玄德深矣，遠矣！」這表明「玄」具有「深」、「遠」之義。

有關於「玄」的用法，如《老子》第一章：「玄之又玄，眾妙之
門。」《莊子》〈天地篇〉：〔註54〕「玄古之君天下，無爲也，天德而
已矣。」《文心雕龍・時序》：〔註55〕「自中朝貴玄，江左稱盛，因談
餘氣，流成文體。」從以上這些文獻中，「玄」中的含義有很多，有
深厚、幽遠、深奧、神妙以及清靜等義。所以「玄學」即是一種「深
遠」之學。

中國古代哲學中這種抽象往往是形而上的抽象，中國古代的形而

〔註51〕《說文解字注》，段玉裁注，漢京文化，1980 年 1 版。
〔註52〕《楚辭補注》，洪興祖，藝文印書館，1986 年 7 版。
〔註53〕《宋書》〈本紀〉，卷二，〈武帝中〉，頁 46。
〔註54〕《莊子集解》，郭慶藩輯，華正書局，1979 年。
〔註55〕《文心雕龍》，劉勰著，計有功、王雲五主編，商務印書館，1975 年。

上學又往往是一種內省的與直覺體悟的學問，所以玄學之深是用內省的以及思辨的方式，超出形上而達到極其抽象的程度。

在六朝僧侶詩中，有許多作品運用以「玄」為首的語彙，筆者試著檢視所有的作品，並且將有關「玄」字的語彙，依著語彙的內涵，作大致的分類，如下表：

自然的意象〔註 56〕	玄谷　玄芳　玄夕　玄冥 玄風				
人生的意象〔註 57〕	玄聖　玄役　重玄　玄思　玄機 玄運　玄老　玄局　玄匠　玄中經 玄篇　玄裝　玄旨　玄古　玄表聖 玄津				

在上表所列出的這些語彙中，先就自然的語彙來討論，自然的意象主要是取材於自然界的物象，包括花、鳥、草、木、山、水、風、雲、雨、雪、日、月、星辰等等。〔註 58〕就上表所列的「玄谷」、「玄芳」、「玄夕」與「玄風」等詞彙，就是在大自然的山谷、芳草以及微風等景物之前加「玄」字。如支遁〈詠懷詩〉之四：「慨矣玄風濟，皎皎離雜純。」〈五月長齋詩〉：「匠者握神標，乘風吹玄芳。」〈四月八日讚佛詩〉：「三春迭云謝，諸夏含朱明。祥祥令日泰，朗朗玄夕清。」這幾首詩都是支遁的作品，在六朝其它的僧侶詩中並未見到如支遁的用法，這應該和支遁的創作背景有關。在上一章中曾討論到支遁的這些作品都是屬於「佛教玄言詩」。

《世說新語·文學》：〔註 59〕

舊云：王丞相過江，止道聲無哀樂、養生、言盡意三理而

〔註 56〕這一類意象主要取材於自然界的物象。

〔註 57〕這一類意象主要是取材於人類的社會活動。如人物、用具、時間、地點、事件、典故等等。

〔註 58〕此定義係參考陳植鍔著，《詩歌意象論》，第六章「意象的分類」，中國社科出版社，1992 年 11 月 2 版。

〔註 59〕見《世說新語箋疏》，（宋）劉義慶著，（梁）劉孝標注，余嘉錫箋疏，上海古籍出版社，1993 年 12 月 1 刷。

　　已。然宛然關生，無所不入。

東晉初期玄談之風沿襲西晉而來，玄談的中心是圍繞上述三個議題開
展的，由這三個主要論題，再引申出其它的議題。在談論老莊玄理的
同時，加進佛理的談論。當時在江左傳播佛理的，有許多重要的僧侶，
如康僧淵、支敏度、康法暢、竺道潛、于法蘭、于法開、支遁等人。
隨著佛學在江左的迅速弘傳，佛學便漸漸取代老莊義理，關於名士與
僧人談論玄理的記載很多。如《世說新語・文學》：〔註60〕

　　支道林、許、謝盛德，共集王家。王謂諸人：「今日可謂
　　彥會，時既不可留，此集固亦難常。當共言詠，以寫其懷。」
　　許便問主人有《莊子》不？正得〈漁父〉一篇。謝看題，
　　便各使四座通，作七百許語，敘致精麗，才藻奇拔，眾咸
　　稱善。於是四座各言懷畢。謝問曰：「卿等盡否？」皆曰：
　　「今日之言，才不自竭。」謝後精難，因自敘其意，作萬
　　餘語，才峰秀逸。既自難，加意氣擬托，蕭然自得，四座
　　莫不厭心。支謂謝曰：「君一往奔詣，故復自佳耳。」

支道林、許詢、謝安在王濛家的玄談，主要是談《莊子》。雖然未言
明是否雜入佛理，然支道林在白馬寺釋《莊子》逍遙義已經將佛理摻
入其中。而且當時支公因論逍遙義而名大震，則此次之以七百餘言釋
〈漁父〉，當亦以佛理釋老莊。

　　另外還有關於支道林釋逍遙義的記載，《世說新語・文學》：〔註61〕

　　王逸少作會稽，初至，支道林在焉。孫興公謂王曰：「支道
　　林拔新領異，胸懷所及乃自佳，卿欲見不？」王本自有一往
　　俊氣，殊自輕之。後孫與支共載往王許，王都領域，不與交
　　言。須臾支退，後正值王當行，車已在車。支語王曰：「君
　　未可去，貧道與君小語。」因論《莊子》〈逍遙遊〉。支作數
　　千言，才藻新奇，花爛映發。王遂披襟解帶，留連不能已。

〔註60〕見《世說新語箋疏》，（宋）劉義慶著，（梁）劉孝標注，余嘉錫箋疏，
　　　　上海古籍出版社，1993 年 12 月 1 刷。
〔註61〕見《世說新語箋疏》，（宋）劉義慶著，（梁）劉孝標注，余嘉錫箋疏，
　　　　上海古籍出版社，1993 年 12 月 1 刷。

在當時名僧與士大夫之間的交往，大多從談論玄理開始，接著再談論佛理，這應該也是弘傳佛理的一種方式。

　　遑論是談玄理或是佛理，所涉及的是形而上的種種問題，就佛理言之，如支遁的〈即色遊玄論〉，孫綽的〈喻道論〉、〔註62〕《小品般若經》等，多充滿著思辯的色彩。理智的思索與情感的體認同時並存於當時文人的生活當中，再者他們的生活方式已經沒有西晉士人的放蕩與世俗化，因此也造就他們的文學天地轉向超脫以及思辨色彩較爲濃厚的領域，這也是玄言詩盛行的根本原因之一。玄言詩的寫作，乃是當時生活中談玄與談論佛理的一種模式，所以玄言詩所包含的內容，有老、莊以及佛理。

　　支遁是一位對玄學有深厚素養的人，以玄理來匯通佛法爲其所長，從《世說新語》中可以見到許多關於這方面的記載。〔註63〕支遁的一些玄言詩，帶有濃厚的老莊玄學的色彩，同時亦蘊含豐富的佛理在其中。

　　支遁頗有詩文之才，《世說新語》中稱支遁「才藻新奇，華爛映發」。〔註64〕玄言詩人孫綽《道賢論》中將當時七位名僧與竹林七賢相匹配，其中便將支遁比況作向子期，「支遁、向秀，雅當莊老，二子異時，風好玄同。」這段記載顯示支遁不僅有佛德之聲，而且有名士之譽。《高僧傳》中提到：「凡遁所著文翰，集有十卷，盛行於世。」〔註65〕可以見得支遁著述之多，支遁好作玄言詩，今存十八首。他的作品多以佛理、玄言入之，有著濃厚的偈頌味。如〈詠懷詩〉五首之五：〔註66〕

　　坤基范簡秀，乾光流易穎。神理速不疾，道會無陵騁。超

〔註62〕梁僧佑著《弘明集》，卷三〈喻道論〉，台北新文豐出版，1986 年 3月再版。

〔註63〕在《世說新語》中關於支遁的記載約有五十條左右，詳見附表。

〔註64〕見《世說新語箋疏》〈文學篇〉，（宋）劉義慶著，（梁）劉孝標注，余嘉錫箋疏，上海古籍出版社，1993 年 12 月 1 刷。

〔註65〕（梁）慧皎，《高僧傳》〈支遁傳〉。

〔註66〕（唐）道宣編，《廣弘明集》，卷三十，臺灣中華書局。

超介石人，握玄攬機領。余生一何散，分不諮天挺。沉無冥到韻，變不揚蔚炳。冉冉年往梭，悠悠化期永。翹首希玄津，想登故未正。生途雖十三，日已造死境，顧得無身道，高栖沖默靖。

這首詩中支遁塑造一個超俗的人物形象，「超超介石人，握玄攬機領」，這是描繪耿直孤高離世脫俗，對世俗無所追逐的超脫者的形象。據《世說新語》所言，支遁其人「器朗神俊」，〔註67〕「神眼黯黯明黑」，「棱棱露其爽」，〔註68〕有異人風度。這篇作品基本上去除了偈頌的意味，在此首詩中用了「玄機」與「玄津」兩個詞彙，「玄機」即深奧玄妙的義理，也就是詩中所謂的「神理」，「玄津」指的是渡口，支遁將玄理寄託於山水之間，此種寫法不僅體現玄言詩的風貌，同時此種興寄的原則對後世的山水詩作也產生不小的影響。沈曾植〈與金太守論詩書〉提到：「康樂總山水，老莊之大成，開其先者支道林。」此見解頗有道理。

　　另外是就人生的意象而言，這一類的意象主要是取材於人類的社會活動，如人物、用具、時間、地點、事件以及典故等等。〔註69〕屬於這一類的語彙有「玄聖」、「玄役」、「玄思」、「玄老」、「玄篇」、「玄局」等等。

　　這一類的語彙基本上來說都含有神妙的意味，也就是受老莊的影響相當深遠，如「玄聖」一詞，是在支遁的〈詠八日詩〉之一中：

大塊揮冥樞，昭昭兩儀映。萬品誕遊華，澄清凝玄聖。釋迦乘虛會，圓神秀機正。交養衛恬和，靈知溜性命。動為務下尸，寂為無中鏡。

「玄聖」出自《莊子・天道》：「夫虛靜恬淡，寂寞無為者，萬物之本也。……以此處上，帝王天子之德也；以此處下，玄聖素王之道也。」

〔註67〕《世說新語箋疏》〈賞譽〉第八。
　　　　《支遁別傳》曰：「遁任心獨往，風期高亮。」
〔註68〕《世說新語箋疏》，〈容止〉第十四，頁624。「謝公云：『見林公雙眼黯黯明黑。』孫興公亦云：『見林公稜稜露其爽。』」
〔註69〕此定義參考陳植鍔《詩歌意象論》，第六章「意象的分類」，中國社會科學出版社出版社，1992年11月2版。

〔註70〕其意指有道德而無位的聖人。在支遁的另一首詩〈八關齋詩〉中，則用「玄表聖」來指稱「玄聖」，意思都是一樣的。

　　與老莊思想有關的語彙還有「重玄」，支遁〈詠懷詩〉：

　　　傲兀乘尸素，日往復月旋。弱喪困風波，流浪逐物遷。
　　　中路高韻益，窈窕欽重玄。重玄在何許，探眞遊理間。

「中路高韻益，窈窕欽重玄。」此兩句是描述支遁二十五歲出家爲僧，故言中路。支遁出家爲僧，同時又是著名的玄學家，在佛理之外又習老莊，即「高韻益」。至於「重玄」者，語出《老子》：「玄之又玄，眾妙之門。」〔註71〕另外同樣在〈詠懷詩〉中有「涉老咍雙玄，披莊玩太初。」此「雙玄」是指《老子》一書中有、無兩個概念，「常無欲以觀其妙，常有欲以觀其徼。」〔註72〕這「有」與「無」同出而異名，同謂之「玄」。同一首詩中「罔象掇玄珠」，這是源自《莊子‧天地》：「黃帝遊乎赤水之北，登乎崑崙之丘而南望，還歸，遺其玄珠。使知索而不得，使離朱索而不得，〔註73〕使喫詬索而不得。〔註74〕乃使象罔，象罔得之。」〔註75〕記黃帝遺失玄珠，讓智者去找未得；讓眼力好的去找也未找到；最後讓無心的人去找卻找到了。這裡的「玄珠」是比喻道的本體，「罔象」是無心之謂。

　　在慧遠大師的〈五言奉和王臨賀喬之〉詩中：

　　　超遊罕神遇，妙善自玄同。徹彼虛明域，曖茲塵有封。

其中「超遊罕神遇，妙善自玄同。」在《莊子‧養生主》中：「臣以神遇而不以目視。」〔註76〕「神遇」是指精神層面的接觸；至於「玄

〔註70〕郭慶藩輯《莊子集釋》，卷五十，外篇〈天道〉第十三，頁457，台北華正書局。

〔註71〕《老子釋譯》，朱謙之、任繼愈編著，頁6，里仁書局，1985年3月。

〔註72〕同上引。

〔註73〕玄珠非色，不可以目取也。

〔註74〕喫詬，言辨也，離言不可以辨索。聰明喫詬，失眞愈遠。

〔註75〕郭慶藩，《莊子集釋》，〈天地篇〉第十二，頁414，台北華正書局，民國76年8月。

〔註76〕郭慶藩，《莊子集釋》，卷二，〈養生主〉第三，頁119。

同」一詞源出《老子》:「和其光,同其塵,是謂玄同。」〔註77〕亦即與天地萬物混同爲一。

除了上述與老莊有關的語彙之外,還有是與佛法有關的語彙,如「玄扃」、「玄中經」等。廬山諸道人的〈遊石門詩〉:

> 矯首登靈闕,眇若凌太清。端坐運虛輪,轉彼玄中經。神
> 仙同物化,未若兩俱冥。

此詩中「運虛輪」是指縱談佛家與道家的空虛無爲的理論;而「轉彼玄中經」詩句中,「玄中經」是指玄教中的經籍,也就是佛經。而轉是轉讀之義。《高僧傳》卷十三:「天竺方俗,凡是歌詠法言皆稱爲唄。至於此土,詠經則稱轉讀,歌讚則號爲梵唄。」〔註78〕

何以佛經會被稱作「玄中經」呢?這和東晉以後玄風盛行,談玄之名士與名僧的交往日趨密切有關,佛理引入玄談之中,用佛學之繁瑣細緻的思辨方法闡釋玄學的義理。兩晉之際盛行的佛學爲大乘般若學,其重要典籍有《放光般若經》與《道行般若經》等,爲當時的僧侶所鑽研,亦爲名士所傾慕。如《世說新語》所載:〔註79〕

> 有北來道人,好才理,與林公相遇於瓦官寺,講《小品》。
> 時竺法深、孫興公悉共聽,此道人語,屢設疑難,林公辯
> 答清晰,辭氣俱爽。此道人每輒摧屈。孫問深公:「上人當
> 是逆風家,向來何以都不言?」深公笑而不答。林公曰:「白
> 旃檀非不馥,焉能逆風?」深公得此義,夷然不屑。

這一段文字,說明佛學已經被引入清談之中。《小品》即是《道行般若經》的異譯。支道林與竺法深均深研《小品》,所以孫綽稱竺法深爲「逆風家」。依余嘉錫《世說新語箋疏》:「言法深學義不在道林之下,當不至從風而靡,故謂之逆風家。」〔註80〕而支道林喻己義爲「白旃檀非不馥,焉能逆風?」這是援引佛經故事,《世說新語》劉孝標

〔註77〕《老子釋譯》,第六章。
〔註78〕（梁）慧皎,《高僧傳》,第十三章。
〔註79〕《世說新語箋疏》,〈文學〉第四。
〔註80〕《世說新語箋疏》,〈文學〉第四,頁218。

注：「《成實論》曰：『波利質多天樹，其香則逆風而聞。』」〔註81〕支道林這樣的譬喻是說自己的義理深奧，雖逆風家如竺法深亦不得不折服。這樣的描述，描繪出支道林與竺法深對《小品》均有精深的造詣。

般若倡「性空」，與玄學倡「貴無」，在哲理上相契合。當時佛家大多釋佛之「性空」與玄學「本無」爲同義。如六家七宗影響最大的本無宗，其領袖爲道安與慧遠，二人的學問都兼綜佛玄。梁僧佑《出三藏記集序》：〔註82〕

> 自晉氏中興，三藏彌廣，外域勝賓，稠疊以總。至中原慧士，煒曄而秀生。提、什舉其宏綱，安、遠振其奧領；渭濱務逍遙之集，廬岳結般若之台。

提、什是指僧伽提婆和鳩摩羅什；安、遠是指道安和慧遠。當時中外僧侶均能弘綜佛玄，所以僧佑以「逍遙」、「般若」並提，同喻佛法。在東晉時，佛學大師道安與慧遠的般若學，以般若釋老、莊，均富玄學意味。所以在如此的背景之中，以「玄中經」稱佛經似乎是很自然的事。

第四節　六朝僧詩的思想表現

詩歌作品是文學中最精緻的體裁，它植根於人類的生命體驗中，而宗教則是人們精神生活中相當重要的部份。佛教傳入中國之後，到了東晉以後，對思想與文學層面都產生影響，而且也慢慢的融入一般人的日常生活中。

就六朝的僧侶言之，以闡述佛理爲主的作品很多，其思想的表現以宣揚佛理爲主，大致可以分成五種思想表現：

1. 「苦諦」思想的呈現
2. 「慈悲」的人世關懷
3. 「萬法皆空」與「諸行無常」的思想
4. 修行悟道的思想

〔註81〕《世說新語箋疏》，〈文學〉第四，頁217。
〔註82〕見梁僧佑，《出三藏記集》。

　　5.　因果思想

一、「苦諦」思想的呈現

　　所謂「諦」，即真理之意。「苦諦」是指人生的各種痛苦。這是佛教最根本的教義。

　　在佛教中，所謂苦是指一切逼迫身心的煩惱。《增一阿含經》卷十四：〔註83〕

　　　彼云何名爲苦諦？所謂生苦、老苦、病苦、死苦、憂悲惱
　　　苦，愁憂苦痛不可稱記。怨憎會苦、恩愛別離苦；所欲不
　　　得，亦復是苦。取要言之，五盛陰苦，是謂苦諦。云何苦
　　　習諦？所謂受愛之分，習之不倦，意常貪著，是謂苦習諦。
　　　彼云何苦盡諦？能使彼愛滅盡無餘，亦不更生，是謂苦盡
　　　諦。彼云何爲苦出要諦？所謂賢聖八品道，所謂等見、等
　　　治、等語、等業、等命、等方便、等念、等定。

從上述這段文字來看，原始佛教所謂的「苦」，包含了生、老、病、死等世間常見的四種苦。外加怨憎會、愛別離、求不得以及五陰熾盛等四苦，即爲「八苦」。其中五陰熾盛最值得注意，因爲它是其它七種苦的真正原因。

　　在佛教的解釋，現實生活中，苦是一種廣泛存在的現象，是任何人都擺脫不了的。佛教修行的最終目標是要解脫苦對眾生身心的逼迫。佛教的所有教義也是圍繞著探討人生何以受苦，以及如何來解脫苦而展開，在佛教的基本教義「四諦」中，第一個就是「苦諦」。

　　佛教認爲人的一生，自出生至死亡，充滿各種痛苦與煩惱。這些苦與煩惱可以從多種角度來分析，所以有二苦、三苦、五苦、八苦、八萬四千苦等各種說法。

　　《大智度論》卷十九：〔註84〕

　　　內苦名老病死等，外苦名刀杖寒熱饑渴等。有此身故有是

〔註83〕《大正藏》，第二卷，阿含部下，125號。
〔註84〕《大正藏》，卷二十五，釋經論部上，1509號。

苦。

二苦即內苦與外苦，由自己身心所引起的各種痛苦和煩惱，稱爲內苦；由客觀外界各種因素而引起的，稱爲外苦。

二 苦

內苦	1. 身苦 —— 由疾病引起的眾生生理方面的痛苦
	2. 心苦 —— 由生理和心理原因所引起的各種煩惱痛苦
外苦	1. 由社會原因造成的痛苦
	2. 由自然原因造成的痛苦

八苦是佛經上最常見的說法。《大般涅槃經》上說：〔註85〕

八相爲苦，所謂生苦、老苦、病苦、死苦、愛別離苦、怨憎會苦、求不得苦、五陰盛苦。

八苦是佛教對人的生命現象進行種種分析而得出的結論，是佛教人生觀與生命價值觀的基礎。

隋靈裕的〈悲永殯〉：〔註86〕

命斷辭人路，骸送鬼門前。從今一別後，更會在何年。

這首詩作所表現的是對於死亡的恐懼以及無奈。死亡是生命的終結，死後的情形，又是茫然不可知的。《中阿含經》上說：〔註87〕

諸賢！死者，謂彼眾生、彼彼眾生種類，命終無常，死喪散滅，壽盡破壞，命根閉塞，是名爲死。

眾生死亡之時，身心受到種種痛苦折磨，存者與亡者皆是如此，尤其是在世的親人所要面對是無法相見的苦痛，故云「死苦」。

另一首作品是智愷的〈臨終詩〉，此詩所談的內容也是與「死苦」有關的，其詩云：〔註88〕

千秋本難滿，三時理易傾。石火無恆燄，電光非久明。遺文空滿笥，徒然昧後生。泉路方幽噎，寒隨向淒清。

〔註85〕《大正藏》，卷十二，涅槃部，374號。
〔註86〕《續高僧傳》，卷九〈靈裕傳〉。
〔註87〕《大正藏》，第一卷，阿含部上，26號。
〔註88〕見《廣弘明集》，卷三十。

一隨朝露盡，唯有夜松聲。

這首作品將面對臨終死亡時，那種淒涼與感嘆之情，表現的淋漓盡致，作者用了一個譬喻「石火無恒焰，電光非久明」，以石火與電光的迅速消逝，無法恆常不變的存在世間，來比喻人的生命亦復如是。作者更將死後的黃泉路，作了這樣的描述「泉路方幽噎，寒隨向淒清。一隨朝露盡，唯有夜松聲。」將那種寂寞孤獨的悽慘之相，傳神的表現出來，這就是死亡之苦相。

釋亡名的〈五苦詩〉，〔註89〕將生苦、老苦、病苦、死苦、愛離之苦，當作深入的闡述，如〈愛離〉：

誰忍心中愛，分為別後思。幾時相握手，嗚噎不能辭。

雖言萬里隔，猶有望還期。如何九泉下，更無相見時。

愛別離，是說眾生於所喜愛的人或事物，往往彼此分開，無法如願相聚。《中阿含經》云：〔註90〕

諸賢！愛別離苦者，謂眾生實有內六處，愛眼處，耳、鼻、舌、身、意處，彼異分散，不得相應，別離不會，不攝、不集、不和合為苦。如是外處，更樂、覺、想、思、愛，亦復如是。諸賢！眾生實有六界，愛地界，水、火、風、空、識界，彼異分散，不得相應，別離不會，不攝、不集、不和合為苦，是名愛別離。

上述所列出的種種，都會給人帶來心理上的痛苦，故云愛別離苦。

二、慈悲思想的表現

慈悲，與樂曰慈，拔苦曰悲，慈悲是稱菩薩愛護眾生之意。

《大智度論》：「大慈，與一切眾生樂；大悲，拔一切眾生苦。

大慈以喜樂因緣與眾生，大悲以離苦因緣與眾生。」〔註91〕

慈心是希望他人得到快樂，慈行是幫助他人得到快樂；悲心是希望他

〔註89〕見《廣弘明集》，卷三十。

〔註90〕《大正藏》，第一卷，阿含部上，26號。

〔註91〕《大正藏》，卷二十五，釋經論部上，1509號。

人解除痛苦，悲行是幫助他人解除痛苦。要幫助他人得到快樂，就應該把他人的快樂視同自己的快樂；要幫助他人解除痛苦，就應該把他人的痛苦視同自己的痛苦。這就是佛教所提倡的「無緣大慈，同體大悲。」

> 《大智度經》卷二十引《明罔菩薩經》：「大悲是一切諸佛
> 菩薩之根本，是般若波羅密之母，諸佛之祖母。菩薩以大
> 悲心故得般若波羅密，得般若波羅蜜故得作佛。」〔註92〕

大乘佛教以慈悲為根本，其宗旨是普渡眾生，同時，慈悲作為般若的基礎，以及修行的契機，將佛教由求個人的解脫轉向求眾生的解脫，自利之外也求利他，所以慈悲思想成為深入社會生活，以及普渡眾生的積極宗教思想。

大乘佛教認為，為普渡眾生、救濟人類脫離生死苦海，乃是慈悲善行的極致。而「菩薩」乃是大乘佛教道德理想的典型。菩薩行是要求自覺覺他、自利利他。上求佛道是自利，下化眾生是利他，但只有舍己利人，拔苦與樂才能證得涅槃，成就佛果，所以重點仍是利他。如為中國人所熟知的「地藏王菩薩」，曾立下「地獄未空，誓不成佛；眾生渡盡，方證菩提」的廣大宏願，甘願置身於地獄救拔惡道眾生。又如「觀世音菩薩」主張「隨類渡化」，聞聲救苦不分貧富貴賤。祂們的表現即是佛教的慈悲精神。

在六朝僧侶詩中，有許多作品亦是以「慈悲」思想為闡述的對象，如康僧淵〈代答張君祖詩〉：〔註93〕

大慈順變通，化育曷常停。幽閑自有所，豈與菩薩並。
摩詰風微指，權道多所成。悠悠滿天下，孰識秋露情。

這首詩是中「大慈順變通，化育曷常停」，是針對張君祖〈贈沙門竺法頵三首〉詩中「外物豈大悲，獨往非玄同」而言的，這二句的涵意是說佛教化人類，因應變化不拘一格。這裡的「大慈」是特指佛。佛

〔註92〕《大正藏》，卷二十五，釋經論部上，1509號。
〔註93〕見《廣弘明集》，卷三十。

本身所展現的精神，就是大慈大悲的表現。

　　另外傅大士的〈十勸詩〉，﹝註94﹞一共有十首作品，這十首詩的出發點都是自慈悲的角度來談的，舉例如：

　　　勸君一，專心常念波羅密，勤修六度向菩提，五濁三塗自
　　　然出。

六度即六波羅密，指布施、持戒、忍辱、精進、禪定、智慧。這是完成佛教自我道德修養的六條途徑。「波羅密」含有「濟度」與「到彼岸」的意思，六度是相互聯繫與相互促進的，只要六度齊修，便能具有菩薩的高尚品德，亦即大慈大悲的精神。

　　再如〈十勸詩〉之十中，詩云：

　　　勸君十，相勸修行須在急。一朝命盡入黃泉，父娘妻子徒
　　　勞泣。

作者普勸眾生要趕緊修行佛法，以求解脫之道，因為生命無常，而且相當短暫，這首詩的中心主旨仍是以慈悲思想為主，希望眾生習佛以脫離苦海。

三、「空」與「諸行無常」思想的表現

　　「諸行無常」是佛教「三法印」﹝註95﹞之一。世界萬事萬物都是處在不斷的生滅流轉之中，一切都在不停的運轉者，一切都是變化無常的。人的生命是如此，其他一切事物也是這樣，宇宙萬有都是處於變化無常之中，故云「諸行無常」。

　　「無常」與「諸行」的表現，而其實質則為「空」。因緣所生之法，究竟而無實體曰空。佛教所談的「空」，並非一無所有之意，更不是對於客觀現象的視而不見，如鳩摩羅什譯《金剛經》云：「一切有為法，如夢幻泡影，如露亦如電，應作如是觀。」﹝註96﹞一切諸法，

﹝註94﹞《中國歷代僧詩全集》，晉唐五代卷上，頁57。
﹝註95﹞三法印，依《望月佛學大辭典》，一切之小乘經，以三法印印之，證其為佛說。其內容為諸行無常、諸法無我與涅槃寂靜。
﹝註96﹞全名《金剛般若波羅蜜經》，《大正藏》，第八卷，般若部四，235號。

皆無自性，若色若心乃至聖凡因果之法，雖種種不同，但求其體性，
是畢竟皆是空。

佛家宣揚「無常」的道理，其目的在教眾生看清世間萬事萬物的
眞實本相，不要執著「無常」爲「常」，因此而產生貪欲，而作執著
的追求。

僧侶詩中表現「無常」思想的作品，如無名法師的〈過徐君墓詩〉：
〔註97〕

> 延陵上國返，枉道訪徐公。死生命忽異，懽娛意不同。
> 始往邙山北，聊踐平陵東。徒解千金劍，終恨九泉空。
> 日盡荒郊外，煙生松柏中。何言愁寂寞，日暮白楊風。

這首所寫的是春秋時吳國的季扎與徐君的事，〔註98〕詩人感慨人的生
命無常，「死生命忽異，歡娛意不同」，對於生命的殞落無定，無法掌
握的恐懼，在詩中作了抒發。類似這樣的詩歌，在六朝僧侶作品，是
常見的。如靈裕〈哀速終〉：〔註99〕

> 今日坐高堂，明朝掛長棘。一生聊已竟，來報將何息？

這首作品是作者在臨終前所寫的作品，對於生命即將消逝所發的歎
息。據《靈裕傳》所載：「於時鄴下昌言裕師將過逝矣。道俗雲合，
同稟歸戒。訪傳音之無從，裕亦信福命之有盡，乃示誨善惡，勵諸門
人。」〔註100〕除了〈哀速終〉，作者同時還作〈悲永殯〉這首，這二
首作品的主題思想是一樣的，都是對生命的無常，感到傷痛。

竺僧度〈答苕華詩〉：〔註101〕

> 機運無停住，倏忽歲時過。巨石會當竭，芥子豈云多。良
> 由去不息，故令川上嗟。

〔註97〕《文苑英華》，卷三○六。
〔註98〕據《史記‧吳太伯世家》：「季扎之初使，北過徐君。徐君愛季扎劍，
　　　　口弗言，季扎心知之，爲使上國，未獻。還至徐，徐君已死，於是
　　　　乃解其寶劍，繫之徐君冢樹而去。」
〔註99〕見《續高僧傳》，卷九，〈靈裕傳〉。
〔註100〕《續高僧傳》，卷九，〈靈裕傳〉。
〔註101〕《高僧傳》，卷四，〈竺僧度傳〉。

佛教認為世界的一切都處於剎那變化之中，沒有常住不變之時，故詩云：「機運無停住，倏忽歲時過。」

四、因果思想

　　自佛教傳入中國之後，佛教的因果報應思想對中國人的思想觀念產生很大的影響，其理論基礎是「業感緣起論」。此論認為宇宙間的萬事萬物都是有情識的眾生的業因感召而生成。唐實叉難陀譯《十善業道經》：〔註102〕

　　　　一切眾生，心想異故，造業亦異，由是故有諸趣輪轉。

輪轉趨向的好壞是依所造的「業」的善惡來決定。

　　眾生所造之業，依其性質分為善、惡與無記。善業能感召善果，惡業則感召惡果，無記業即非善非惡中性的業，無記業對果報不起作用。眾生造業必然承受相應果報，業力千差萬別，感召的果報亦大相不同，但概括言之為有漏與無漏二果。「有漏」是指生死輪迴，「無漏」是指超脫生死輪迴。有漏果是有漏業因所致，有漏業因分善惡兩類，善有善報，可在六道輪迴中得人天果報；惡有惡報，則是的三惡道——畜生、餓鬼與地獄。無漏果是無漏善業所感果報，可成就佛、菩薩與阿羅漢。

　　佛教之言因果報應的思想，重在勸人畏因。佛教因果報應說的道德教化作用，是側重在人們自己內心的約束，同時能夠自願為自己修善除惡，積累功德。安世高《阿難問事佛吉凶經》：〔註103〕

　　　　善惡迫人，如影逐形，不可得離。罪福之事，亦皆如是，

　　　　勿作狐疑，自墮惡道。

東漢三國時期，因果報應思想在當時的社會有非常大的影響，當時特別注重宣傳因果報應，輪迴轉生以及勸人為善，以免死後墮入惡道。

　　兩晉南北朝時，佛教因果報應的思想在中國社會中，影響非常深

〔註102〕《大正藏》，第十五卷，經集部二，600號。
〔註103〕《大正藏》，第十四卷，經集部一，492號。

遠。當時許多佛教學者撰寫有關於因果報應的思想，如慧遠撰〈明報應論〉〔註104〕和〈三報論〉，〔註105〕僧含撰〈業報論〉，法愍撰〈顯驗論〉，卞堪撰〈報應論〉等，都對因果報應的理論進行闡發，其中尤以慧遠提出的〈三報論〉最爲重要。

六朝僧詩中，關於因果報應思想的作品，亦有之。如傅大士的〈貪瞋癡〉，竺僧度〈答苕華詩〉，寶誌〈十四科頭〉等詩，都是在闡述因果報應的思想。如竺僧度〈答苕華詩〉：〔註106〕

今生雖云樂，當奈後生何？罪福良由己，寧云己恤他。

這首詩中，作者認爲現世的快樂並非恆久不變的，因爲死後有輪迴，今生所造的善惡業，在來生必然會有報應。作者提出來生的禍福，是由自己這一生所造的業來決定，別人是無法施捨替代的。

寶誌〈十四科頭〉——斷除不二，詩云：

愚人妄生分別，流浪生死猖狂。智者達色無礙，聲聞無不徊惶。法性本無瑕翳，眾生妄執青黃。

詩中提到眾生因爲有分別心之故，所以招致在生死六道中輪迴不停。有智慧的人，通達事理明白一切有形相的事物，都是虛假不實的，所以不致在生死中輪迴不休，這所討論的就是因果報應的思想。

再如傅大士的〈貪瞋癡〉：

不須貪，看取遊魚戲碧潭。只是愛他鉤下餌，一條線向口中含。

不須瞋，瞋則能招地獄因。但將定力降風火，便是端嚴紫磨身。

不須癡，癡被無明六賊欺。惡業自身心所造，愚迷卻披畜生皮。

佛教稱貪瞋癡是一切煩惱的根本，荼毒眾生的身心甚爲劇烈，又稱之爲「三毒」、「三不善根」。詩中將貪瞋痴所造成的結果呈現出來，如

〔註104〕（梁）僧祐，《弘明集》，卷五，台北：新文豐，1986年。
〔註105〕（梁）僧祐，《弘明集》，卷五，台北：新文豐，1986年。
〔註106〕《高僧傳》，卷四，〈竺僧度傳〉。

「惡業自身心所造，愚迷披卻畜生皮」，所論及的是愚癡，若眾生執迷不悟，則會招致墮落畜生道的惡果，而這樣的惡果是自身所感，非別人可以代受的。

隋朝的無名釋〈禪暇詩〉是典型的宣揚因果思想的作品，其詩云：

> 峨峨王舍城，鬱鬱靈竹園。中有神化長，巧誘入幽玄。
> 善人慕授福，惡人樂讎怨。善惡升沉異，薰蕕別露門。

此詩將「善有善報，惡有惡報」的思想表露無遺。尤其是「善惡升沉異，薰蕕別露門。」所表現的是善人升往善道，惡人墮落至惡道，是差別很大的。

五、宗教生活的體驗與宗教關懷

在六朝時期，與宗教生活有關的活動是「八關齋戒」，八關齋戒是佛教信眾的基本活動。目的是每月六次，即八日、十四日、十五日、二十三日、二十九日以及三十日，受持八種戒——一天一夜不殺生、不偷盜、不淫、不妄語、不飲酒、不以華蔓裝飾自身、不歌舞觀聽、不坐臥高廣大床以及不非時食。

八關齋為印度佛教原有的活動，很早就傳到中國來。目前關於中國居士舉行八關齋最早的資料是支遁的〈八關齋詩〉的序：

> 間與何驃騎期，當爲合八關齋。以十月二十二日，集同意者在吳縣土山墓之下。（二十）三日清晨爲齋始，道士白衣凡二十四人，清合肅穆，莫不靜暢。至（二十）四日朝眾賢各去。余即樂野室之寂，又有掘藥之懷，遂便獨往。於是乃揮手送歸。有望路之想，靜拱虛房。悟外身之真，登山採藥，集巖水之娛。遂援筆染翰以慰二三之情。

在這裡支遁所描寫的八關齋是一項正式的宗教活動，參加的人都必定是誠懇的佛教徒。

八關齋的活動在南朝以後，變成他們生活的一部份，連不信佛的

大臣也必須要參加。如《宋書》〈袁粲傳〉所記載：〔註107〕

　　孝建元年，世祖率群臣並於中興寺八關齋。中食竟。愍孫
　　別與黃門郎張淹更進魚肉食，尚書令何尚之奉法素進謹，
　　密以白世祖，世祖使御史中丞王謙之糾奏，並免官。

　　與八關齋活動有關的詩作，以支遁的〈八關齋詩三首〉為早的作品，其詩云：

　　建意營法齋，里仁契朋儔。相與期良晨，沐浴造柔丘。
　　穆穆升堂賢，皎皎清心修，窈窕八關客，無楗自綢繆。
　　寂寞五習真，疊疊勵心柔。法鼓進三勸，激切清訓流。
　　悽愴願宏濟，瞌堂皆同舟。明明玄表聖，應此童蒙求。
　　存誠夾室裡，三界讚清修。嘉祥歸宰相，靄若慶雲浮。
　　三悔啟前朝，雙懺暨中夕。鳴禽戒朗旦，備禮寢玄役。
　　蕭索庭賓離，飄飄隨風逝。踟躕歧路隅，揮手謝內析。
　　輕軒馳中田，習習陵電擊。息心投佯步，泠泠振金策。
　　引領望征人，悵恨孤思積。咄矣形非我，外物固已寂。
　　吟詠歸虛房，守真玩幽賾。雖非一往遊，且以閒自釋。

支遁的這幾首詩寫於東晉康帝建元元年（AD343）十月八日八關齋會以後，當時支遁是三十歲，序文中提到齋會乃支遁與喜好佛道的何充共同籌辦，地點在吳縣〔註108〕土山墓下，參加者有道士（即僧人）白衣（指世俗之人）凡二十四人，作者「既樂野室之寂，又有掘藥之懷，遂便獨往」，「靜拱虛房，悟外身之真；登山採藥，集巖水之娛」。詩中作者發自內心抒發自己的感想，與八關齋的儀式無關。孫昌武在《佛教與中國文學》〔註109〕一書中指出支遁「把佛理引入文學，用文學形式來表現，他有開創之功。」

　　綜合言之，六朝僧侶詩的思想表現，主要有苦諦思想的呈現，「萬法皆空」思想以及「諸行無常」思想的表現，還有慈悲思想與因果報

〔註107〕《宋書》，卷八十九，〈袁粲傳〉。
〔註108〕今江蘇蘇州市。
〔註109〕孫昌武《佛教與中國文學》，頁65，台北市：東華書局，1989年12月。

應思想等。這些思想在詩歌中眞實的反映，可以看到在六朝時代，佛教的教義在中國的弘傳已經是相當普遍。

第七章 六朝僧侶詩的價值與影響

　　佛教源自印度，在東漢時自西域傳入中國，[註1] 隨著外來的僧侶將佛經由梵語翻譯成漢語，對中國傳統思想以及文學造成很大的影響。以六朝的僧侶詩歌來看，有幾點非常顯明的影響：

1. 六朝僧侶詩中外來譯語的運用
2. 偈頌與六朝僧侶詩形式的會通
3. 六朝僧侶詩內容的拓展
4. 修辭技巧與表現手法

這些特色與過去傳統詩歌迥然不同，主要的原因可能是受到佛典傳譯的影響，同時也與僧侶與文人往來的頻繁有關。以下分爲四節來討論之。

第一節　六朝僧詩的語言特色

　　在六朝僧侶的作品中，引用佛典用語是一大特色，這在六朝以前的作品中是不曾見到的現象。在六朝詩作中所以會出現這樣的現象與

〔註 1〕《三國志》《魏書》〈烏丸鮮卑東夷傳〉所引述魚豢《魏略・西戎傳》：
　　　「昔漢哀帝元壽元年，博士弟子景盧受大月氏王使伊存口受浮圖
　　　經……」所謂「浮圖」即是佛陀。《後漢書・楚王英傳》記載楚王英
　　　的奉佛「楚王誦黃老之微言，尚浮屠之仁祠，潔齋三月與神爲誓，
　　　何嫌何疑，當有悔咎。其還贖以助伊蒲塞、桑門之盛撰。」其中「伊
　　　蒲塞」即「優婆塞」指的是男居士，「桑門」即是出家的沙門。

佛典翻譯有相當密切的關係。

　　依目前收錄最豐富，使用最方便的漢文大藏經是總共分爲一百冊的日本《大正新脩大正藏》〔註2〕（簡稱《大正藏》）的前五十五冊正編。〔註3〕據編者統計，正編共收佛典 2236 部，9006 卷。但實際上應該爲 2265 部，8978 卷，其中正目 2184 部，8877 卷，副目 81 部，101 卷。其中雜有日本、朝鮮撰述共 59 部，79 卷，除去這些，《大正藏》正編所收漢文佛典的總數爲 2206 部，8899 卷。依翻譯的朝代來看，大致的情形如下：

《大正藏》所收錄歷代佛教的卷數

朝　　代	佛經部數	佛教卷數
東　　漢	80 部	105 卷
三　　國	65 部	97 卷
西　　晉	142 部	284 卷
東　　晉	51 部	294 卷
東晉列國	106 部	789 卷
南北朝	245 部	958 卷
隋	125 部	660 卷
唐	692 部	3745 卷
宋	368 部	1335 卷
夏　　遼	2 部	3 卷
元	28 部	88 卷
明	21 部	65 卷
清	7 部	7 卷
失譯〔註4〕	274 部	469 卷

　　從上述所統計的數據可以看到，漢譯佛典翻譯的主要時期是東漢

〔註2〕（日）高楠順次郎等編輯，東京：大藏出版株氏會社，1965 年再刊版，台北：新文豐出版社，1983 年影印版。

〔註3〕《大正藏》後四十五冊續編主要收錄日本撰述與目錄圖像，故不取。

〔註4〕失譯部份絕大多數都是隋以前的譯作。

至宋代，總數有 2148 部，8736 卷。依據漢語史的分期東漢與魏晉南北朝爲中古漢語時期，〔註5〕隋唐五代爲中古漢語過渡到近代漢語的階段，宋代至清代則爲近代漢語時期。如此漢譯佛典的語言正好所反映的是整個中古時期以及中古向近代過渡的漢語。

　　佛教在中國的弘傳，一方面靠僧團的傳教活動，一方面則要靠著佛典的傳譯與流通。而中國文學和文人接受佛教的浸染，與佛經的翻譯與弘傳更有密切的關係。尤其兩晉之後，佛教廣泛而深入地流傳到文人之中，文人們研習佛典漸成風氣，對於中國知識階層而言，佛典精密的義理以及恢宏的想像力與審美表現，這是相當具有吸引力。所以佛典對中國的文人以及僧侶而言，影響是非常深遠的。

　　首先從佛經翻譯的概況來看，《宋高僧傳》卷三論，贊寧以譯經師的語文能力作爲標準，將中國歷代的譯經分爲三期：

> 初則梵客華僧，聽言揣意，方圓共鑿，金石難和，宛配世界，擺名三昧，咫尺千里覿面難通。

> 次則彼曉漢談，我知梵說，十得八九，時有差違，至若怒目看世尊，彼岸度無極矣。

> 後則猛顯親往，奘空兩通，器請師子之膏，鵝得水中之乳，內監對文王之問，揚雄得紀代之文，印印皆同，聲聲不別，斯謂之大備矣。

梁啓超依照以上的觀點，同樣分爲三期，且條目更爲具體：〔註6〕第一是外國人主譯期，以安世高、支婁迦讖爲代表；第二中外人共譯期，以鳩摩羅什、覺賢、眞諦爲代表；第三，本國人主譯期，以玄奘、義淨爲代表。

　　梁啓超〈佛典之翻譯〉一文云：「佛典翻譯，可略分，爲三期。」
〔註7〕

〔註 5〕此種分期係依據日本學者太田辰夫《漢語史通考》，江藍生、白維國譯，重慶出版社出版。

〔註 6〕見《佛學研究十八篇》〈翻譯文學與佛典〉一文，台灣中華書局。

〔註 7〕梁啓超對於譯經史的分期，有兩種不一樣的分法，分別見於〈翻譯

自東漢至西晉，則第一期也。

東晉南北朝爲譯經事業之第二期。就中更可分前後期，東晉二秦，其前期也。劉宋元魏迄隋，其後期也。

自唐貞觀至貞元，爲翻譯事業之第三期。

五老舊侶〈佛教譯經制度考〉一文云：「中國佛教的譯經事業自後漢至元代歷一千一百多年，從譯業發展的過程說，大概可以分爲四個時代。」

第一，原始時代，自佛教傳來以後，經過後漢，三國而至西晉。

第二，自西晉經東晉而至羅什以前。

第三，自羅什以後，經眞諦到玄奘時代。

第四，衰頹時代。〔註8〕

小野玄妙《佛教經典總論》一書的分期法，大致是承襲中國佛經目錄的形式，而略加歸納爲四期：

一、古譯時代：包括後漢、魏吳、西晉。

二、舊譯時代之前期：包括東晉、劉宋、南齊。

三、舊譯時代之後期：包括梁、陳、隋。

四、新譯時代：包括唐、五代、趙宋、元以後。

從上述的分期法中，可以觀察到事實上從東漢開始一直到隋朝，翻譯佛經的工作已經完成大部份。佛經漢譯對於漢語的影響，最明顯的是語詞和表現手法的大量輸入，從日本出版的望月《佛教大辭典》，共有條目三萬五千多條，近代人丁福保所編《佛學大辭典》亦收有佛教語詞近三萬條，亦即有三萬五千多個漢字的佛教概念。這些詞語在漢語中並沒有同等地普及，但即使普及了十分之一，也就意味著因著譯經輸入了三千五百個新詞語。這些「漢晉迄唐八百年間諸師所造，加入吾國系統中而變爲新成份者」〔註9〕大大地豐富漢語辭彙，同時也

文學與佛典〉以及〈佛典之翻譯〉二文之中

〔註8〕此未標明年代，大概指宋代及以後而言。

〔註9〕見梁啓超〈佛典與翻譯文學〉。

奠定佛教語詞在漢語辭彙發展史的地位。

　　佛經的翻譯，首先使漢語中出現大量與佛教相關的詞語。這些詞語又因爲隨著佛教的傳播，逐漸由專門用語融入到人們日常語言中，如「佛」是梵文 Buddha 的譯音，全稱爲「佛陀」，意爲智者〔註10〕與覺者，〔註11〕釋迦牟尼出家後苦行六年，終於在菩提樹下證悟，成就佛道。「菩薩」，梵語 Bodhisattva，全稱爲「菩提薩埵」，意譯是「覺有情」，即「上求菩提，下化有情」的人，或譯「大士」，即發大心的人。佛經中最初出現的「菩薩」，是本生經典〔註12〕對釋尊修行尚未成佛的稱呼，待大乘佛教興起後廣泛用作大乘思想與精神實行者的稱呼。佛教深入民間以後，民眾把一般崇拜的神像如城隍、土地公也稱「菩薩」。還有如「阿羅漢」，是梵語 Arhat 的音譯，意譯有多義，一、應供，即當受眾生供養之義，是釋迦如來十號之一。〔註13〕二殺、賊，即殺煩惱賊。三、不生，即永入涅槃，不再受生死果報的意思。對於上所舉的名詞，人們雖不陌生，但未必明確了解它的意義。

　　佛經的大量流傳，豐富了最普遍、最直接的文化——語言與詞彙。我們日常使用的許多語言，如「世界」、「眞空」、「實際」、「究竟」、「種子」、「轉變」、「相對」、「絕對」等，以及四字成語如「本來面目」、「不可思議」、「一針見血」、「心心相印」、「心花怒放」、「頑石點頭」、「井中撈月」、「五體投地」等，皆出自佛經，或與佛教密切相關。

〔註10〕智者，指有智慧者，《法華經・藥草喻品》：「我是一切智者」，這裡特指佛陀。

〔註11〕覺者，梵語佛陀，有覺察與覺悟之二義。以之自覺、覺他與覺行圓滿者，謂之覺者，此三缺一，則非覺者。《大乘義章》二十末曰：「既能自覺，復能覺他，覺行圓滿，故名爲佛。言自覺則異於凡夫，云言覺他，明異二乘；覺行圓滿，彰異菩薩，是故獨此偏名佛矣。」

〔註12〕本生經，十二部經之一。如來說昔爲菩薩時所行行業之經文。《俱舍光記》十八曰：「言本生者，謂說菩薩本所行行。」

〔註13〕十號，天竺俗法有十名，天上利根尚有百名，大日如來於天上成道，故應之而立百八號，釋尊於人界成道，故亦應之而立十號。十號爲如來、應供、明行具足、正遍知、善逝、世間解、無上士、調御丈夫、天人師、佛世尊。

　　關於佛教詞語與漢語詞彙發展的關係，可以從兩個方向來作觀察：

一、由縱的方面來看，佛教的語詞融入漢語是源遠流長

　　從東漢開始，佛經翻譯的工作已經開始，所以在東漢的一些漢語文獻已經出現佛教的語詞，《後漢書・光武十王傳》記載漢明帝給楚王英的詔書中：「楚王誦黃老之微言，尚浮屠之祠，潔齋三月，與神為誓，何嫌何疑，當有悔吝？其還贖以助伊蒲塞，桑門之盛撰。」不到五十字的批語，就用了「浮屠」、「桑門」以及「伊蒲塞」等音譯詞。張衡的〈西京賦〉〔註14〕中：「名藐流眄，一顧傾城，展季桑門，誰能不營？」用了「桑門」這個詞。但是因為東漢時期佛經絕大部份是直譯，文詞較晦澀難懂，大致而言，一般的文學創作受到佛學影響不大。

　　東晉以後，佛教盛行，佛經多用意譯，流傳甚廣，玄學與佛教結合，文人雅士喜歡談論佛法，在詩文創作中亦常引用佛典用語，以點綴潤色表情達意。如王巾的〈頭陀寺碑文〉〔註15〕是一篇僅一千兩百多字的文章，而其中所用的佛教名詞竟有五十多個，如「陰<u>法雲</u>於<u>眞際</u>則<u>火宅</u>晨涼，曜<u>慧日</u>於康衢則重昏夜曉」，在這一句中「法雲」、「眞際」、「火宅」、「慧日」均為意譯的佛詞，又「奄有大千遂荒三界」共八字的句子中，即有「大千」〔註16〕與「三界」兩個詞語。另外梁朝沈約的文章〈南齊禪林寺尼淨秀行狀〉〔註17〕一共有二千五百多字，有佛教語彙約一百三十個。其它在六朝志怪小說如《搜神記》、《拾遺記》，以及《世說新語》等書中，佛教用語已是常見的現象。

　　至於六朝時期僧侶的詩歌作品，在作品中引用佛典用語則是非常頻繁的現象，如最早的僧詩是康僧淵的〈代答張君祖詩〉：

〔註14〕見《文選》，卷二
〔註15〕見《文選》南朝王巾〈頭陀寺碑文〉。
〔註16〕「大千」即「三千大千世界」的略語。
〔註17〕見（唐）道宣，《廣弘明集》中。

> 波浪<u>生死</u>徒，彌綸始無名。捨本而逐末，悔吝生<u>有情</u>。胡不絕可欲，反宗歸<u>無生</u>。達觀均有無，蟬蛻谿朗明。逍遙眾妙津，棲凝於玄冥。<u>大慈</u>順變通，化育曷常停。幽開自有所，豈與<u>菩薩</u>并。<u>摩詰</u>風微指，<u>權道</u>多所成。悠悠滿天下，孰識秋露情。

在這一首詩中就用了「生死」、「有情」、「無生」、「大慈」、「菩薩」、「摩詰」、「權道」等佛教用語，如「波浪」雖然非佛典用語，但在此詩中是比喻世俗，佛教認為世間如同大海，是波浪翻滾紛擾不安的。「生死徒」是指一般凡夫眾生在生死中輪迴不已。「有情」是梵語「薩埵」的意譯，也就是指眾生。「大慈」指的是佛菩薩廣大的慈悲心。這些佛教用語的引用，基本上必須對於佛經相當熟悉者才能運用自如，也方能在詩歌創作時，適當的援引入作品中。再如「摩詰風微指，權道多所成。」是針對張君祖贈詩「不見舍利佛，受屈維摩公。」而言的，「摩詰」又稱維摩詰，是釋迦牟尼佛在家弟子，精通大乘教義，曾稱病，釋尊遣弟子舍利弗等去問疾，問答間摩詰揭示「空」、「無相」〔註18〕等大乘教義，舍利弗等為其所屈。若非作者熟悉這些故事，焉能對答如流呢？

再如支遁的「四月八日讚佛詩」：

> 三春迭云謝，首夏含朱明。祥祥令日泰，朗朗玄夕清。<u>菩薩</u>彩靈和，渺然因<u>化生</u>。四王應期來，矯掌承玉形。飛天鼓弱羅，騰擢散芝英。綠瀾頹龍首，縹藥羿流泠。芙蕖育神范，傾柯獻朝榮。芬津霈四境，<u>甘露</u>凝玉瓶。珍祥盈四八，玄黃曜紫庭。感降非情想，恬泊無所營。玄根泯靈府，神條秀形名。<u>圓光</u>朗東旦，金姿豔春精。含和總<u>八音</u>，吐納流芳馨。跡隨因溜浪，心與太虛冥。<u>六度</u>啓窮俗，<u>八解</u>灌世音。慧澤融無外，空同忘化情。

支遁這首詩主要是在四月八日佛誕節時，讚頌佛陀的作品。既是讚佛之作，詩中自然也用了許多佛典用語，如「菩薩」、「四王」、「甘露」、

〔註18〕無相，謂真理之絕眾相。《無量義經》：「無量義者，從一法生。其一法者，即無相也。」

「圓光」、「八音」、「六度」、「八解」以及「慧澤」等詞語。其中有些
詞語，如「八音」指的是如來所得的八種音聲——極好音、柔軟音、
尊慧音、不女音、不誤音、深遠音、不竭音等八音，此語詞的涵意必
須是對佛學有研究者，才能知悉其中的意義。「八解」指的是八解脫，
佛經上說到這是八種禪定能夠使人解脫貪欲束縛。「四王」指的是帝
釋天的四個外將——東方持國天王、南方增長天王、西方廣目天王、
北方多聞天王。「六度」即六波羅密，包括布施、持戒、忍辱、精進、
禪定、智慧六種能使修行者達到涅槃境界的方法。從上面所舉出的佛
典用語，可以看出支遁對佛教義理相當的深入，所以在創作詩歌時，
自然而然就融於作品中。

　　有些作品則是以闡述佛理為主，如支遁的〈五月長齋詩〉、〈八關
齋詩〉，寶誌的〈大乘讚十首〉、〈十四科頭〉，智藏的〈奉和武帝三教
詩〉，傅大士的〈四相詩〉、〈十勸〉、〈還源詩〉十二章、〈浮漚歌〉、〈獨
自詩〉二十章、〈行路難〉二十篇、〈行路易〉十五首等等，這類作品
在行文之中都大量的引用佛經用語。由於這類作品的內容，主要是在
宣揚佛教的義理，以及頌揚佛德，所以行文中自然會引用佛經用語，
再者，作者的身份是僧侶，對於佛經應該是相當嫻熟的，故當他們在
創作時，將佛典用於詩歌中是很自然的。

　　以闡述佛理為主的作品，因為是以說理為主，所以詩中援引佛教
語彙是普遍的現象。舉例如寶誌〈大乘讚〉十首之一：

　　　大道常在目前，雖在目前難睹。
　　　若欲悟道真體，莫除色身言語。
　　　言語即是大道，不假斷除煩惱。
　　　煩惱本來空寂，妄情遞相纏繞。
　　　一切如影如響，不知何惡何好。
　　　有心取相為實，定知見性不了。
　　　若欲作業求佛，業是生死大兆。
　　　生死業常隨身，黑闇獄中未曉。
　　　悟理本來無異，覺後誰晚誰早。

> 法界量同太虛，眾生智心自小。
>
> 但能不起吾我，涅槃法食常飽。

在中國能詩文的僧侶進行創作時，必然會在詩中表現對佛教教義的認識。所以在作詩時自然在詩中大量說理。而且佛家是從根本上來說佛理，而且又是關心人生問題的，所以詩歌中在闡述佛理之外，又有現世的生命關懷與哲理機趣。在寶誌的這首詩中提到「業」這個名詞，依據丁福保《佛學大辭典》所載，「業」的梵語是羯摩 Karma，是指身、口與意三者，所造作的善惡業及無記業，而所造的善或惡業，必然會招感樂與苦的結果。其在過去者，稱之為宿業；在現在者，稱之為現業。故詩中云「若欲作業成佛，業是生死大兆。生死業常隨身，黑闇獄中未曉。」

又如曇延〈薛道衡見訪戲題方圓動靜四字〉這首詩，其詩云：

> 方如方等城，圓如智慧日。動如識波浪，靜類涅槃室。

這首詩的內容很特殊，作者就「方圓動靜」四字，來說明大乘佛教的教理。其中在每一句中都用了佛教用語，如「方等」、「智慧」、「識波浪」以及「涅槃」等。「方等」是說大乘佛教中道之理是生佛平等的，因此「方等」亦是一切大乘經典之通名與總名。「方如方等城」是以眾多大乘經典堆積起來形成的方城狀，來戲題「方」這個字。「圓如智慧日」這句是以智慧圓滿如日，能夠照了一切，來戲題「圓」字。「智慧」〔註19〕即是所謂的「般若」，決斷曰智，簡擇曰慧，智慧即是對一切事通達無礙，光明圓滿如日光。「動如識波浪」，意指這個紛紛擾擾的人世，是無邊的苦海，猶如大海的波浪一般。最後「靜類涅槃室」，「涅槃」意譯為「滅度」，指脫離一切煩惱，而進入寂靜無礙的境界，此境界亦是學佛者修行的最高境界。

至於南北朝以後信奉佛教的大文學家，如王維、白居易、柳宗元

〔註19〕《大乘義章》，卷九：「照見名智，解了稱慧，此二各別。知世諦者，名之為智。照第一義者，說以為慧，通則義齊。」《法華經義疏》卷二曰：「經論之中多說慧門鑒空，智門照有。」

等，他們的作品無論在思想內容，還是語言形式上，都受佛教的影響，其詩文中佛教術語處處可見，如王維〈過盧四員外宅看飯僧共題七韻〉這首詩中，包含有「青眼」、「青蓮」、「香積」、「上人」、「錫杖」、「檀越」、「趺坐」、「焚香」、「法雲地」、「淨居天」、「因緣法」、「次第禪」等佛教語詞。而以寫通俗詩聞名的王梵志、寒山以及拾得等人的詩，佛教用語更是其中的主要內容，如寒山詩：

> 癡屬根本業，無明煩惱坑；輪迴幾許劫，只爲造迷盲。

又如：

> 十善化四天，莊嚴多七寶；七寶鎮隨身，莊嚴甚妙好。

詩中「癡」、「業」、「無明」、「煩惱」、「輪迴」、「劫」、「十善」、「四天」、「七寶」、「莊嚴」均爲佛教的語詞，至於初唐詩人王梵志的詩中，就有可稱作佛教專用名詞的一百二十個左右。〔註20〕

佛教語詞融入在詩歌作品之中，在唐代以後是相當普遍的現象，但溯其本源，應該是在六朝的僧侶詩開始的。所以佛教傳入中國後，對中國文學的影響之一是佛典用語的運用。

二、從文學的橫面來觀，佛教詞語融入漢語的層面廣

佛教詞語在漢語各個領域內幾乎都有，主要是反映在哲學、文學、民俗以及日常用語中。

佛教爲中國文學帶來新的文體和新的意境，同時也爲中國文學輸入大量的語彙，首先因爲佛典的翻譯與流傳，佛教典籍中不少優美的典故和具有藝術美的新詞語，被引進六朝以後的文學作品中，其中源於佛教的新詞語，幾乎佔了漢語史上外來成語的百分之九十以上，大大地豐富我國文學語言的寶庫，有的甚至成爲人們常用的穩定的基本詞彙。

有些佛教詞語甚至還成爲文學理論術語，舉例如下：

「境界」，唯識學中有所謂的「境界說」，此說被借鑒、發揮，形成中國文學理論中的「境界」說。

〔註20〕據張錫厚《王梵志詩校輯》。

「取境」，由唯識家的「唯識無境」，即境由識變而發展爲文學家之「取境說」，指主觀不同，同樣的事物可以創造出不同的境界。唐皎然《詩式》「取境」云：「取境之時，須至難至險，始見奇句，成篇之後，觀其氣貌，有似等閑不思而得，此高手也。」

「造境」，佛教以萬法由心所生，心識有創造功能。〔註21〕文學家引申指心識有創造詩境的功能。唐呂溫《呂衡州集》卷三：「研情比象，造境皆會。」

「緣境」，佛家以爲「萬法唯識」，但亦認爲緣境又能生出新的識。〔註22〕文學界指從詩境中發出新的詩情，唐皎然《詩式》：「詩情緣境發。」

佛教詞語也影響中國古代哲學的詞彙。佛教認爲一切物質世界都是心靈世界所顯現的表相，物質世界是按著「成住壞空」〔註23〕這樣一大劫的程序發展的，一切物質現象都是變幻無常的，惟有眞如〔註24〕不生不滅，無始無終，恆久不變。由此之故，性相、性空、眞如、實相、無常、無我、法性等一系列諸命題相繼出現，這些詞也就成了中國古代哲學史上探討現象與本質關係問題的常用詞。

檢視日常生活之中常用的佛教語詞，以及常用的典故，有許多是源自於佛教的。源自於佛教的常用典故有「火宅」、「化城」、「諸天」、「一絲不掛」、「三千大千世界」、「天龍八部」、「天花亂墜」、「當頭棒喝」、「醍醐灌頂」、「拈花微笑」、「現身說法」、「眾盲捫象」、「泥牛入海」、「借花獻佛」、「井中撈月」等等。

〔註21〕《大乘廣五蘊論》：「云何識蘊？謂於所緣，了別爲性。亦名心，能采集故。亦名意，意所攝故。」

〔註22〕佛教之緣境，指本所緣慮的對象「境」，又成爲一種緣。

〔註23〕這是「四劫」，即成劫、住劫、壞劫與空劫。

〔註24〕眞如，眞者眞實之義，如者如常之義，諸法之體性，離虛妄而眞實，故云眞，常住而不變不改，故云如。《唯識論》二曰：「眞謂眞實，顯非虛妄，如謂如常，表無變易，謂此眞實於一切法，常如其性，故曰眞如。」或云自性清淨心、佛性、法身、如來藏、實相、法界、法性、圓成實性，皆是同體而異名。

　　從佛教用語演化成爲日常用語的，如「世界」。「如實」、「實際」、「知識」、「悲觀」、「煩惱」、「方便」、「婆心」、「平等」、「相對」、「絕對」等詞語，以及四字的成語如「一針見血」、「一彈指間」、「三生有幸」、「不二法門」、「不即不離」、「五體投地」、「拖泥帶水」、「不可思議」、「快馬加鞭」、「六根清淨」、「冷暖自知」、「僧多粥少」、「菩薩心腸」、「曇花一現」等。還有「苦海無邊，回頭是岸」、「放下屠刀，立地成佛」、「種瓜得瓜，種豆得豆」等。

　　南朝僧侶智愷寫的〈臨終詩〉，詩云：

　　　千秋本難滿，三時理易傾。石火無恆燄，電光非久明。遺
　　　文空滿笥，徒然昧後生。泉路方憂噎，寒隨向淒清。一隨
　　　朝露盡，唯有夜松聲。

這首詩中作者用「石火無恆燄，電光非久明」，來比喻人生的過程，最後每個人都必須經歷的階段，就是走向死亡之路。尤其是人生進入臨終的階段，大部份的人都是孤獨而恐懼的，即使功成名就之人，依然不免一死。所以作者詩中寫道「一朝隨露盡，唯有夜松聲。」在傅大士的〈十四科頌〉其中的〈生死不二〉詩中，和智愷的〈臨終詩〉所說的主題非常接近，其詩云：

　　　世間諸法如幻，生死猶如雷電。法身自在圓通，出入山河
　　　無間。顛倒妄想本空，般若無迷無亂。三毒本自解脫，何
　　　須攝念禪觀。

詩中也引用不少的佛教語彙。

　　在我們的日常所用的語彙之中，時時有佛教語詞出現，只是人們習以爲常，不去明察，其中使用最多的是時間詞，然而漢語中最常用的時間詞並非漢語所有，而是因著佛經的翻譯，從佛教引進變化而來。

　　表示「時之極微者」──刹那、一念、一瞬、彈指、須臾。這些詞語中，有的是意譯，有的是音譯，在佛經裡，用以稱頌佛菩薩功德無量法力無邊，能以超人的速度行事，都是有某些規定的量。如：

　　　「刹那」，依據《俱舍論》卷十二：「極微字刹那……如壯
　　　士一疾彈指，六十五刹那，如是名爲一刹那量」。

「念」,「剎那」的意譯,或謂「九十剎那爲一念」,〔註 25〕或謂「六十剎那爲一念」。〔註 26〕

「彈指」,本爲彈擊手指,在佛經裡這個動作表示許諾,歡喜的心情或是警告別人,無論示何意,因只需極短的時間,故引申爲時之極微。據《大智度論》卷三十:「一彈指頃有三十念。」另外有一說法:「二十瞬名爲一彈指」。〔註 27〕「彈指」是大於「念」和「瞬」的時間詞。

「瞬」,本爲漢語所有,常言道「萬世猶一瞬」,一瞬是指轉眼間。《摩訶僧祇律》卷七:「二十念名爲一瞬,二十瞬名爲一彈指」所以「瞬」是大於「念」小於「彈指」的時間單位。

這些時間詞,融入漢語之中常混雜在一起,表示極短暫的時間。

從上面的論述之中,佛經傳譯豐富漢語的表現力,不但在文化生活和社會生活中起了相當大的影響,同時對詩歌的創作也影響深遠。

第二節　六朝僧詩與中國詩歌形式的會通

佛教以一種外來文化的姿態進入中國,和傳統的儒家以及道家的文化相接觸,經歷了由依附、衝突到相互融合的過程,這樣的過程亦是佛教中國化的過程。佛教之所以能夠爲中國傳統文化所接納,主要是由於中華民族具有兼容並包的胸懷,也是因爲佛教文化本身內涵豐富,具有中國文化所缺乏的內容,可以對傳統文化發揮補充的作用。

而以敘事和說理爲內容的詩歌,在漢代以前的詩歌作品中是相當罕見的,但是在佛典中的偈頌,以敘事和說理爲內容是相當普遍。當佛經翻譯事業日漸興盛,佛教傳播日益廣遠之時,無形中佛經的形式以及思想內容,亦會對文學有所影響。

梁啓超先生在民國十一年所作的演講 ── 〈印度與中國文化之親屬的關係〉,曾經提到〈孔雀東南飛〉可能是受到〈佛本行贊〉等

〔註 25〕依據《仁王經》云:「九十剎那爲一念。」
〔註 26〕依據《往生論注》,卷上:「六十剎那爲一念」。
〔註 27〕據《僧祇律》,卷七:「二十瞬名爲一彈指。」

翻譯佛經之影響。〔註28〕陸侃如先生撰〈孔雀東南飛考證〉一文，亦認爲此詩必受印度文學影響方能產生。李師立信先生則認爲「在極難看到敘事詩的我國詩壇，在絕少有上百句長篇詩歌出現的漢代詩壇，除了把〈孔雀東南飛〉這種異數和長篇故事偈頌聯想在一起之外，我們幾乎沒有辦法去解釋〈孔雀東南飛〉出現的原因。」〔註29〕

〈孔雀東南飛〉一詩的出現和佛經中長篇的偈頌有關係，同樣地，六朝時的僧侶詩，及佛理詩的形式與內容亦和漢譯偈頌有關。

但是佛典中的「偈頌」與我國的詩歌並不完全相同。依李師立信的看法，他認爲中國詩歌的抒情傳統，和佛經的偈頌的敘事、議論、說理等內容，有本質上的差異；再者就篇幅而言，中國的詩歌率多短篇，但佛經偈頌動輒一、二百句，甚至有多至九千多句的，如北涼曇無讖所譯的《佛所行讚》。〔註30〕另外是中國的詩歌爲韻文，絕大部份的詩都是押韻的，而佛經的偈頌則是以不押韻爲常，尤其是早期的譯經，其偈頌幾乎全不押韻。因此偈頌雖然是用中國詩歌習用的四、五、六、七言的齊言形式，但是與中國詩歌的風貌與實質並不相同。

這些佛經的偈頌在梵文的原典裡，它們本來是正式的詩歌，只不過漢譯的人，文學修養不夠，所以譯成不押韻的情形，若從廣義來看，偈頌應該也看成是詩歌。

一、漢譯佛典中的偈頌

在佛典十二分教〔註31〕中，其中有兩個部份是韻文，分別是「伽

〔註28〕見梁啓超《飲冰室文集》，第四十。

〔註29〕「論偈頌對我國詩歌所產生之影響——以孔雀東南飛爲例」，此文收錄在《文學與佛學的關係》，學生書局印行。

〔註30〕見《大正藏》，第四卷，No.192。

〔註31〕一切經分爲十二種類之名。據《大智度論》三十三之說，一修多羅，此云契經，經典中，直說法義之長行文。二祇夜，譯作應頌，應於前長行之文重宣其義者，即頌也。三伽陀，譯作諷頌又作孤起頌，不依長行，直作偈頌之句。四尼陀那，譯作因緣，經中說見佛聞法因緣，以及佛說法教化因緣之處。五伊帝目多，譯本事，佛說弟子

陀」和「祇夜」。

「伽陀」，即梵語 gatha，又作伽陀、伽他、偈陀；意譯爲「孤起頌」、「諷頌」，〔註 32〕是宣揚佛理獨立的韻文，即偈前無長行文（佛經中的散文部份）；或者是偈前已有散文，然而散文所說的內容和偈文的涵義是不同的。此外因爲伽陀不重覆闡釋長行文內容的性質，又稱爲不重頌偈。

「祇夜」即梵語 geya，又作竭夜、祇夜經，其義亦有詩歌、歌詠之涵義，意譯則爲「重頌」、「應頌」、「重頌偈」，或云「偈」，應前長行之文，重宣其義也，亦即在韻散等結合的經文中重宣長行文的內容。〔註 33〕

「祇夜」和「伽陀」二者的差別在於雖然皆是韻文形式，然祇夜者，重覆述說長行經文之內容，伽陀則否，故有不重頌偈、孤起頌等之異稱。但佛典中有二者混用的情形，並非截然分明的，所以在漢譯佛經時統稱爲「偈頌」。

在漢譯佛典中，有多處提及偈頌的定義以及種類，但是各經的說法不盡相同，茲舉數例如下：

過去世因緣之經文。六闍多伽，此譯本生，佛說自身過去世因緣之經文也。七阿浮達摩，譯未曾有，記佛現種種神力不思議事之經文。八阿波陀那，譯作譬喻，經中說譬喻之處也。九優婆提舍，譯作論義，以法理論義問答之經文。十優陀那，譯自說，無問者佛自說之經文。十一毗佛略，此譯方廣，說方正廣大之眞理之經文。十二和伽羅，此譯授記，於菩薩授記成佛之經文也。

〔註 32〕《顯揚聖教論》，卷六云：「諷頌者，謂諸經中非長行直說，然以句結成，或二句，或三句，或四句，或五句，或六句。」（《大正藏》31，509a）《妙法蓮華經玄義》，卷六下曰：「伽陀者，如龍女獻珠，喜見說偈，孤然特起。」（《大正藏》33，775a）

〔註 33〕《大乘義章》一曰：「祇夜，此翻名爲重頌偈也，以偈重頌修多羅中所說法義，故名祇夜。」（《大正藏》44，470a）其中「修多羅」，是指佛經中以散文述說教義的部份。《顯揚聖教論》，卷六：「應頌者，謂諸經中，或於中間、或於最後，以頌重顯，及諸經中不了義說，是爲應頌。」（《大正藏》31，508c）

1. 《大智度論》卷三十三〔註34〕

   　一切偈名祇夜，六句、三句、五句，句多少不定，亦名祇
   　夜，亦名伽陀。諸經中偈名祇夜。

亦即在《大智度論》中，祇夜與伽陀是無差別的，都是指諷頌之義。

2. 南本《大般涅槃經》云：〔註35〕

   　何等名爲伽陀經？除修多羅及諸戒律，其餘有說四句之
   　偈，所謂「諸惡莫作，諸善奉行，自淨其意，是諸佛教」，
   　是名伽陀。

在此經中，伽陀所意指的是長行文以及戒律以外，諸經典中的四句
偈。

3. 《阿毗達摩順正理論》卷四十四：〔註36〕

   　言應頌者，謂以勝妙緝句言詞，隨述讚前契經所說，有說
   　亦是不了義經。……言諷頌者，謂以勝妙緝句言詞，非隨
   　述前而爲讚是詠，或二、三、四、五、六句等。

在這裡提出，應頌與諷頌皆是以勝妙言詞，讚嘆佛教的義理。但是應
頌是隨著長行文而說；至於諷頌的內容亦是以詠嘆爲主，但並非重複
長行文所敘述的內容。兩者之間是有差別的。

4. 《妙法蓮華經玄義》卷一：〔註37〕

   　或四、五、六、七、八、九言偈，重頌世界陰入等事，是
   　名祇夜。或孤起偈，說世界陰入等事，是名伽陀。

以上所舉出的幾個例子是在說明偈頌的定義有許多說法，但可以明確
掌握的是，偈頌是以詩句方式來呈現的。

《鳩摩羅什傳》〔註38〕記載：

　天竺國俗，甚重文制，其宮商體韻，以入弦爲善，凡觀國
　王，必有讚德。見佛之儀，以歌嘆爲貴。經中偈頌，皆其

〔註34〕見《大正藏》，卷二十五，No.306c。
〔註35〕見《大正藏》，卷十二，No.693c。
〔註36〕見《大正藏》，卷二十九，No.595a。
〔註37〕《妙法蓮華經》，卷一下，見《大正藏》卷三十三，No.688b。
〔註38〕見（梁）慧皎，《高僧傳》，卷二。

　　　式也。

可知古時天竺，即是以詩歌這樣的形式歌詠讚嘆，而此詩歌所指的就
是偈頌。

　　《大智度論》卷十三：

　　　菩薩欲淨佛土，故求好音聲。欲使國土中眾生聞好音聲，
　　　其心柔軟。心柔軟，故受化易。是故以音聲因緣供養佛。

佛說法是令眾生離苦得樂，而佛法的弘傳無非是希望眾生得益，受持
佛法。宣揚教義用韻文的形式，除了易於讀誦外，且其音聲也較為悠
揚，易收攝人心，令眾生容易接受佛法，所以在三藏十二部中多運用
偈頌的形式。

　　再者，《成實論》謂：

　　　何故以偈頌修多羅？答曰欲令義理堅固，如以繩貫華，次
　　　第堅固。又欲嚴飾言詞，令人喜樂，如以散華或持貫華，
　　　以為莊嚴，又義入偈中，則要略亦解。或有眾生樂直言者，
　　　有樂偈說，又先直說法，後以偈頌，則義明了，令信堅固。
　　　又義入偈中，則次第相著，亦可讚說。〔註39〕

從這一段文字記載，知道偈頌有其創作因緣，一方面是為了使經文未
竟之處，義理能更加清楚，而且在長行文之後反覆的宣說，可以加深
人們的印象，讓其信念更加堅定。再者，由於偈頌的言辭多半是虔敬，
莊嚴，當吾輩在讀頌時也會使人在心中有喜悅的感覺。

　　蔣維喬先生曾說：「印度文體，往往用三字句、四字句、五字句、
六字句、七字句的韻語，以便記誦。」〔註40〕偈頌以詩句的形式來宣
揚佛法，有另一層的因素是便於記憶誦讀。

二、頌的特殊形式及其與詩歌的關係

　　佛經的偈頌大致可以分為「祇夜」與「伽陀」，「祇夜」之性質是
重複宣說長行文所言之教義，長行文是以散文的形式呈現，祇夜則是

〔註39〕見《成實論》，卷一，《大正藏》卷三十二，No.244c。
〔註40〕蔣維喬《佛學綱要》，天華出版社，民國79年12月初版三刷。

齊言的形式，兩者合在一起是「齊散結合」〔註41〕的形式。這在中國
文學史上，可以說是相當少見的例子，這不僅豐富了既有的文體結
構，也同時對中國的詩歌產生影響。

在中國詩歌中，無論是古體詩或是近體詩，篇幅超過百句以上的
作品不多，如〈孔雀東南飛〉與蔡琰〈悲憤詩〉這樣的作品是相當罕
見的。但是在漢譯偈頌中，長篇巨製與形式雄偉的作品，卻佔有極大
的份量。如《佛所行讚》〔註42〕這部經中，全部都以五言偈頌的方式
來描述佛陀的行誼與身相，總共有九千一百一十三句。《法句譬喻
經》，〔註43〕一共分成三十九品，全部都是以四言或五言或六言的偈
頌形式表現，共有三千一百句。如此長篇巨著，成千上萬句的詩作，
在中國文學中是未曾見到的。再如西晉竺法護所譯的《佛五百弟子自
說本起經》，〔註44〕這部經一共分爲三十品，整部經都是以五言或是
七言的形式來表現，一共有二千零三十二句之多。

在中國詩歌裡，漢魏六朝的詩都是古詩的體製，古詩在句式上是
沒有一定的長短限制，大部份視內容來決定長短，而且也沒有嚴格的
平仄規定，用韻上也較近體詩自由，只求聲調自然以及音韻的和諧。
若從這個角度來觀察，佛經的翻譯偈頌不講求平仄、字數以及韻腳的
特點，與古詩的確有相近之處。但是佛經翻譯偈頌百句以上的長篇巨
製，這樣的形式特色卻是中國詩歌中未曾見到的情形。

再者東漢至六朝的翻譯偈頌，於形式結構上是多變而且無一定的
規律。有三言、四言、五言、六言、七言、八言、九言等所組成的偈
頌，除了齊言的偈頌外，雜言的偈頌形式也有許多。

〔註41〕在漢譯偈頌中，齊言的形式佔極大的比例，雜言的形式相當罕見，
　　　　故以偈頌的大部份爲主，稱之爲齊言；至於長行文大部份是散文。
　　　　所以稱偈頌與長行文結合的情況，爲「齊散結合」。
〔註42〕見《大正藏》，第四冊，北涼曇無讖所譯。
〔註43〕見《大正藏》，第四冊，吳維祇難等人所譯。
〔註44〕見《大正藏》，第四冊，西晉竺法護所譯。

　　六言的偈頌如《月明菩薩經》：〔註45〕

　　　與血肉安隱施，割血肉施與人。

　　　即得愈無復恐，是供養佛所譽。

　　　德中德最安隱，未來當作佛者。

　　　斷貪淫去瞋恚，一切人皆除愈。

這是描述太子割髀取肉與血，供養一位髀上生大惡瘡的比丘，而此比
丘食後病癒，太子所作的偈頌。其意在說明斷貪淫去瞋恚，是修行過
程中很重要的一環。

　　七言的偈頌如《佛說維摩詰經》：〔註46〕

　　　清淨金華眼明好，淨教滅意度無極。

　　　淨除欲癡稱無量，願禮沙門寂然跡。

　　　既見大聖三界將，現我佛國特清明。

　　　說最法言決眾疑，虛空神天得聞聽。

　　　經道講受諸法王，以法佈施講說人。

　　　……

　　　以知世間諸所有，十力哀現是變化。

　　　眾睹希有皆歡佛，稽首極尊大智現。

八言的詩句在中國詩歌中，極為少見，但在佛經中卻有這樣的例證，
如《法句譬喻經》：〔註47〕

　　　沙門何行如意不禁，步步著粘但隨思走。

　　　袈裟披肩為惡不損，行惡行者斯墮惡道。

　　　截流自持折心卻欲，人不割欲一意猶走。

　　　為之為之必強自制，捨家而懈意猶復染。

　　　行懈緩者誘意不除，非淨梵行焉至大寶。

　　　不調難誡如風枯樹，自作為身曷不精進。

至於五言的偈頌則是最常見的句式，在中國傳統的詩歌中，三、四、
五言是漢代極為常見的一種詩歌句式。如漢樂府中的郊廟歌辭，有許

────────────────

〔註45〕《大正藏》，第三冊，，No.169，411c，吳支謙譯。

〔註46〕《大正藏》，第十四冊，No.474，吳支謙譯。

〔註47〕《大正藏》，第四冊，No.211，晉法炬法立譯。

多三言的詩篇；四言爲詩經以來的傳統形式；至於五言在偈頌中使用的最爲普遍，幾乎有一半以上的偈頌都是五言的。

至若九言的偈頌，相當罕見，目前找到一例，《修行本起經》卷下：〔註48〕

　　　　如今人在胎不爲不淨
　　　　如今在淨不爲不淨污
　　　　如今若不爲多無有數
　　　　假今如是誰不樂世者
　　　　如今人老形不若干變
　　　　如今善行者不爲惡行
　　　　如今愛別離不爲苦痛
　　　　假今如是誰不樂世者
　　　　如今病瘦無復有大畏
　　　　如今後世無有諸惡對
　　　　如今墮地獄無有苦痛
　　　　假今如是誰不樂世者
　　　　如今年少形不變壞者
　　　　如今所不可不以著心
　　　　如今死至時無有眾畏
　　　　假今如是誰不樂世者
　　　　……
　　　　如今諸陰蓋不爲怨家
　　　　如今諸六入無有苦惱
　　　　如今一切世間爲不苦
　　　　假令如是誰不樂世者

這首偈頌一共有四十句，都是以排比的句式來表達，最主要是在七言之上加上二字「如今」，形成九言的排比句式。偈頌的內容是在敘述人世之間的生、老、病、死、愛別離、怨憎會與求不得，以及五陰熾盛八苦。由於人世有此八苦，造成許多憂悲苦惱，因此看透的人就會

〔註48〕《大正藏》第三卷，No.184，後漢竺大力康孟詳譯。

興起厭離之心，尋求眞正的解脫之道。

　　總而言之，佛經翻譯偈頌的形式，是多變而無規律的。同時在句數上也無規則可循，少則兩句，多則上千句。與中國傳統詩歌在形式與句數上有著極大的不同。

第三節　佛典的修辭技巧與表現手法

　　在漢譯佛經中，常常是運用相當誇張與鋪排的表現手法，尤其是時間的無窮盡以及空間的延伸，這是中國文學中所缺乏的。在中國文學中，《莊子》書中的大鵬鳥是「搏扶搖而上者九萬里」，〔註49〕這般的境界已經是高不可測，但是仍有具體的數字「九萬里」，而從北溟到南溟的飛行仍侷限在這個地球上。至於佛經就迥然不同，時間單位由極小的單位刹那，〔註50〕至無量阿僧祇劫〔註51〕這樣的大單位；至若空間一談便是三千大千世界，〔註52〕數量則是俱胝〔註53〕、億、那由它〔註54〕等，這些概念在現實中都是難以思量的。

〔註49〕見《莊子》〈逍遙遊〉。

〔註50〕刹那，指極短的時間。即現今二十四小時中之六百四十八萬分之一，相當於七十五分之一秒。據《仁王般若經》上載：「一念爲九十刹那，一刹那中有九百生滅。」又《俱舍論》，卷十二：「何等名爲一刹那量？眾緣和合，法得自體傾，或有動法，行度一極微，對法諸師說，如壯士一疾彈指頃，六十五刹那，如是名爲一刹那量。」

〔註51〕阿僧祇，梵語 asamkhya，意爲無量數、無央數；劫，爲極長遠之時間名稱，有大、中、小三劫之別。此阿僧祇劫，爲菩薩修行成滿至於佛果所須經歷的時間。

〔註52〕三千大千世界，係爲古代印度人之宇宙觀。謂以須彌山爲中心，周圍環繞四大洲及九山八海，稱爲一小世界，乃自色界之初禪天至大地底下之風輪，其間包括日、月、須彌山、四天王天、三十三天、夜摩天、兜率天、化樂天、他化自在天、梵王天等。此一小世界以一千爲集，而形成一個小千世界，一千個小千世界集成中千世界，一千個中千世界集成大千世界，此大千世界因由小、中、大三種千世界所集成，故稱三千大千世界。

〔註53〕俱胝，意譯爲億，乃印度數量之名。玄應音義卷五載，俱胝，即中土所稱之「千萬」，或「億」。

〔註54〕那由他，印度數量名稱，意譯爲兆。又作那庾多、尼由多、那術、

如《妙法蓮華經》上云：

> 譬如五百千萬億那由它阿僧祇三千大千世界，假使有人磨
> 爲微塵，過於東方五百千萬億那由它阿僧祇國乃下一塵，
> 如是東行，盡是微塵。

這裡是用譬喻的方式來說明範圍與數量，「阿僧祇」的數目已經相當大，在前面還加上「五百千萬億那由它」，像這樣的形容手法，在傳統的中國文學中是極爲罕見的。

佛典在藝術的表現上，有幾點特色是中國文學中所缺乏的，以下從幾個層面來討論佛經的表現手法：

一、「譬喻」

佛陀說法多用譬喻的方法，爲使人易於理解教說之意義內容，常常是借用現成的故事或是舉出事例。一般而言，譬喻大多舉示現今之事實，然亦有舉示假設之例證。如以滿月比喻某人之容光煥發，以眼前之小物推比大物，或以粗境粗法喻顯細境細法。在佛典中有經典即是以「譬喻」爲經典名稱，如：《法句譬喻經》〔註55〕、《雜譬喻經》〔註56〕、《百喻經》〔註57〕、《佛說譬喻經》，〔註58〕以及《佛說箭喻經》〔註59〕等。其它經典雖未以「譬喻」名之，但在經典中亦用許多譬喻，如《法華經》即是。

《法華經·序品》中說：〔註60〕

> 我以無數方便，種種因緣，譬喻言辭演說諸法。

那述。就印度一般數法而言，阿庾多爲一萬，那由多則爲百萬。

〔註55〕《大正藏》，第四卷，本緣部下，No.211。

〔註56〕《大正藏》，第四卷，本緣部下，No.204。《雜譬喻經》在《大正藏》中，有三種版本，分別是後漢、支婁迦讖譯，以及道略集，與失譯三種。另外還有《舊雜譬喻經》，道略集，以及《眾經撰雜譬喻》，鳩摩羅什譯，道略集。

〔註57〕《大正藏》，第四卷，本緣部下，No.209。

〔註58〕《大正藏》，第四卷，本緣部下，No.217。

〔註59〕《大正藏》，第一卷，阿含部上，No.94。

〔註60〕《大正藏》，第九卷，法華部，No.262。

《大智度論》卷二十二：〔註61〕

> 若不樂世間，爲說三法印：無常、無我、涅槃。依隨經法，
> 自演作義理譬喻，依嚴法施。

南本《大般涅槃經》卷二十七提到：〔註62〕

> 善男子，喻有八種：一者順喻，二者逆喻，三者現喻，四
> 者非喻，五者先喻，六者後喻，七者後喻，八者遍喻。

從這些敘述中可以看到佛教對譬喻的重視。

《大般涅槃經》卷二十九〈獅子吼菩薩品〉，〔註63〕依譬喻方式
不同，分爲八類：

1. 順　喻

依事物生起之順序所作之譬喻。依《大般涅槃經》所說：

> 天降大雨，溝瀆皆滿。溝瀆滿故小坑滿。小坑滿故大坑滿，
> 大坑滿故小泉滿。小泉滿故大泉滿。大泉滿故小池滿。小
> 池滿故大池滿。大池滿故小河滿。小河滿故大河滿。大河
> 滿故大海滿。如來法雨亦復如是。眾生戒滿，戒滿足故不
> 悔心滿。不悔心滿故歡喜滿。歡喜滿故遠離滿，遠離滿故
> 安隱滿。安隱滿故三昧滿，三昧滿故正知見滿。正知見滿
> 故厭離滿，厭離滿故呵責滿。呵則滿故解脫滿。解脫滿故
> 涅槃滿。是名順喻。」〔註64〕

2. 逆　喻

逆於事物生起之順序所作之譬喻。如《大般涅槃經》所說：

> 大海有本所謂大河，大河有本所謂小河，小河有本所謂大
> 池，大池有本所謂小池，小池有本所謂大泉，大泉有本所
> 謂小泉，小泉有本所謂大坑，大坑有本所謂小坑，小坑有
> 本所謂溝瀆。溝瀆有本所謂大雨。涅槃有本所謂解脫，解
> 脫有本所謂呵責，呵責有本所謂厭離，厭離有本所謂正知

〔註61〕《大正藏》，第二十五冊，釋經論部上，No.1509。
〔註62〕《大正藏》，第十二卷，涅槃部，No.375。
〔註63〕《大正藏》，第十二卷，涅槃部，No.375。
〔註64〕《大正藏》，第十二冊，No.536。

見，正知見有本所謂三昧，三昧有本所謂安隱，安隱有本
所謂遠離，遠離有本所謂喜心，喜心有本所謂不悔，不悔
有本所謂持戒，持戒有本所謂法雨。是名逆喻。〔註65〕

事實上，逆喻即是順喻之反，由果溯因，由大而小言之。《雜阿含經》
〔註66〕中有一以不澆灌培育樹，乃至伐其根本，借以比喻十二因緣的
還滅門。其文曰：

猶如種樹初小軟弱，不愛護，不令安隱，不壅糞土，不隨
時灌溉，冷暖不適，不得增長。若復斷根截枝，段段斬截，
分分解析，風飄日炙，以火焚燒，燒以成糞，或颺以疾風，
或投之以流水。比丘於意云何？……心不縛著則愛滅，愛
滅則取滅，取滅則有滅，有滅則生滅，生滅則老病死憂悲
苦惱滅。

3. 現　喻

以當前之事實所作之比喻。如《大般涅槃經》所說：

眾生心性如彌猴，彌猴之性捨一取一，眾生心性亦復如是
最著色聲香味觸法，無暫住時。是名現喻。

《雜阿含經》世尊以身邊的土石作比喻，對比丘說法，其內容為，

此手中土石為多？彼大雪山土石為多？比丘白佛言：世
尊，手中土石，甚少少耳。雪山土石，甚多無量百千巨
億……。佛告比丘：其諸眾生，於苦諦如實知者……如我
手中所執土石；其諸眾生，於苦聖諦不如實知……如彼雪
山土石無數無邊。〔註67〕

4. 非　喻

指以假設之事件所作之譬喻即今修辭學上所說的「假喻」。是一
種例證與舉例的性質，此種舉例證之喻，在經典中亦隨處可見，而且
多是以說故事型態出現。如《大般涅槃經》所說：〔註68〕

〔註65〕 《大正藏》，第十二冊，No.536。
〔註66〕 《大正藏》，第二冊，No.79，《雜阿含經》，卷十二。
〔註67〕 《大正藏》，第二冊，No.113。
〔註68〕 《大正藏》，第十二冊，No.536。

> 如我昔告波斯匿王。大王，有親信人從四方來，各作是言。
> 大王，有四大山，從四方來，欲害人民。王若聞者當設何
> 計？王言，世尊設有此來無逃避處，惟當專心持戒布施。
> 我即讚言善哉大王，我說四山即是眾生生老病死。生老病
> 死常來切人。云何大王，不修戒施。王言世尊，持戒布施
> 得何等果？

我言，大王於人天中多受快樂。王言：世尊尼拘陀樹持戒布施，亦於
人天受安隱耶？

> 我言：大王尼拘陀樹不能持戒修行布施，如其能者則受無
> 異。是名非喻。

5. 先　喻

即先說譬喻，後舉所欲喻顯之教法。如《大般涅槃經》所說：
〔註69〕

> 我經中說譬如有人貪著妙花，採取之時爲水所漂。眾生亦
> 爾貪受五欲。爲生死水之所漂沒。是爲先喻。

《雜阿含經》卷四十七：〔註70〕

> 譬如人家多男子少女人，不爲盜賊數數劫奪，如是善男子，
> 數數下如牛乳頃，於一切眾生修習慈心，不爲諸惡鬼神所
> 欺。

6. 後　喻

先說教法，後舉譬喻。如《大般涅槃經》所說：〔註71〕

> 如法句說莫輕小罪，以爲無殃，水渧雖微，漸盈大器是名
> 後喻。

《雜阿含經》卷十云：〔註72〕

> 無常想修習多修習，能斷一切欲愛色愛無色愛慢無明；譬
> 如比丘：如人刈草手攬其端舉而抖擻，萎枯悉落取其長者。

〔註69〕《大正藏》，第十二冊，No.536。
〔註70〕《大正藏》，第二冊，No.344。
〔註71〕《大正藏》，第十二冊，No.536。
〔註72〕《大正藏》，第二冊，No.270。

7. 先後喻

　　即先說一譬喻，再說佛法，後再舉一譬喻亦說此佛法。如《大般
涅槃經》所說：〔註73〕

> 譬如芭蕉生果則死，愚人得養亦復如是，如騾懷妊，命不
> 久全。

《雜阿含經》卷十二云：〔註74〕

> 若於結所繫法，隨生味著，顧念心縛則愛生，愛緣取，有
> 緣生，生緣老病死憂悲苦惱，如是如是純大苦聚集。如人
> 種樹初小軟弱愛護令安，壅以糞土，隨時灌溉，冷暖調適，
> 以是因緣，然後彼樹得增長大。如是比丘，結所繫法，味
> 著將養，則生恩愛，愛緣取，取緣有，有緣生，生緣老病
> 死憂悲苦惱，如是如是純大苦聚。

8. 遍　喻

　　譬喻內容全部契合所欲喻顯的事項之全部內容；亦即逐一設喻，
並逐一說明教法，如以植物為喻，逐一說其萌芽乃至開花、結果，以
之逐一比喻佛弟子之出家乃至成道。如《大般涅槃經》所說：〔註75〕

> 三十三天，有波利質多樹，其根入地深五由延。高百由延，
> 枝葉四布五十由延，葉熟則黃，諸天見已心生歡喜，是葉
> 不久必當墮落，其葉既落復生歡喜，是枝不久必當變色，
> 枝既變色復生歡喜，是色不久必當生庖，見已復喜是庖不
> 久，必當生嘴，見已復喜是嘴不久必當開剖，開剖之時，
> 香氣周遍五十由旬，光明遠照八十由延，爾時諸天夏三月
> 時在下受樂。善男子，我諸弟子亦復如是。葉色黃者，喻
> 我弟子念欲出家。其葉落者，喻我弟子剃除鬚髮。其色變
> 者，喻我弟子白四羯磨受具足戒。初生庖者，喻我弟子發
> 阿耨多羅三邈三菩提。香者，喻於十方無量眾生受持禁戒。
> 光者，喻於如來名號無礙周遍十方。夏三月者，喻三三昧。

〔註73〕 《大正藏》，第十二冊，No.536。
〔註74〕 《大正藏》，第二冊，No.79。
〔註75〕 《大正藏》，第十二冊，No.536。

　　三十三天受快樂者，喻於諸佛在大涅槃得常樂我淨。

遍喻也就是全喻，將譬喻中的每一條目，皆以佛理比附之。

9. 分　喻

　　除以上八種譬喻之法，《大涅槃經》亦有載分喻之法，即只能譬喻部份之義，而未能顯現全貌。如：

> 我所喻道是少分喻，非一切也。〔註76〕如經中說面貌端正猶月盛滿，白象鮮潔猶如雪山。滿月不得即同於面，雪山不得即是白象。〔註77〕

從上述的譬喻方式中，可以看出佛陀說法對於譬喻的運用以及重視。

　　另外佛經中還有許多是以一連串五花八門的形象來表達佛理，或者是修證境界的譬喻，此種稱之爲「博喻」。如《大品般若經》卷一所舉的「十喻」：〔註78〕

> 解了諸法如幻、如燄、如水中月、如虛空、如響、如乾闥婆城、如夢、如影、如鏡中像、如化。

這十個譬喻都是在顯示一切現象的存在，是悉無本體、一切皆空。

1. 如幻喻

　　大品般若經》卷三：〔註79〕

> 須菩提，於意云何？幻師幻作種種物，若象若馬若牛若羊若男若女，於意云何？是幻有業因緣，用是業因緣墮地獄乃至生非有想非無處，不也，世尊。是幻法空無事實，云何嘗有因緣……。

如幻喻，是指魔術師以幻術變化出種種物，以此喻來說明諸法本非實有，但以見聞之故，能識別諸相，此稱「如幻假有，如幻即空」。《大智度論》卷六云：〔註80〕

〔註76〕《大正藏》，第十二冊，No.374，頁539。

〔註77〕《大正藏》，第十二冊，No.374，頁396。

〔註78〕《大正藏》，第八冊，頁413。

〔註79〕《大正藏》，第二十五冊，頁101。

〔註80〕《大正藏》，第二十五冊，No.1509，頁102。

> 佛言諸法相雖空，凡夫無聞無智故，而於中生種種煩惱，
> 煩惱因緣作身口意業，業因緣作後身，身因緣受苦受樂，
> 是中無有實作煩惱，亦無身口意業，亦無有受苦樂者，譬
> 如幻師作種種事。幻譬喻示眾生一切有爲法空不堅固。

眾生之煩惱與造業，都如同魔術師之不斷幻作種種情況之無實，應該
究竟明白一切有爲法空而不堅固的本質，而不在生死中輪迴不息。

2. 如燄喻

燄，指的是塵影，日光照射時，因風吹動而令塵埃散飛，譬如在
曠野中，因見塵影，人於遠方觀之，其幻影如真實之樹林、泉水，誤
以爲水，遂生執取之心。又謂煩惱纏縛眾生，流轉於生死曠野之中，
令生男女等相而致愛著沉淪。其實都是虛妄不實的。

《大智度論》卷六云：〔註81〕

> 如炎者，炎以日光風動塵故，曠野見如野馬，無智人初見
> 如水。男相女相亦如是……。曠野中轉無智慧者，謂爲一
> 相爲男爲女是名如炎。
>
> 復次，若遠見炎想爲水，近則無水想。無智人亦如是。若
> 遠聖法不知無我，不知諸法空，於陰界入法空性法中，生
> 人相男相女相，盡聖法則知諸法實相，是時虛誑種種妄想
> 盡除，以是故說諸菩薩知諸法如炎。

3. 如水中月喻

又作水月喻。譬如月在空中，影現於水，愚昧之人，見水中月，
歡喜欲取；謂實相之月，猶如法性，在於實際之虛空中，然在凡夫心
中則現爲我與我所之相，且執此幻相以爲實。《大智度論》卷六云：

〔註82〕

> 如水中月者，月實在虛空中，影現於水；實法相月，在如
> 法性實際虛空中；而凡夫人心，水中有我，我所相現，以
> 是故名如水中月。復次如小兒見水月歡喜欲取，大人見之

〔註81〕《大正藏》，第二十五冊，No.1509，頁102。
〔註82〕《大正藏》，第二十五冊，No.1509，頁102。

　　則笑：無智人亦如是，身見故見有吾我，無實智故見種種
　　法，見已歡喜欲取諸相……諸得道聖人笑之。

4. 如虛空喻

　　《大智度論》卷六：〔註83〕

　　如虛空者，但有名而無實法，虛空非可見法，遠視故眼光
　　轉見縹色，諸法亦如是，空無所有。

虛空是但有假名而無實體，非可見之物，不可以眼見而界定範圍，同
時不可以手觸而具體存在，如遠視天如青色似乎有實色，但是飛上極
高遠處則一無所見。謂凡夫之輩，遠離無漏眞實智慧，故捨棄實相，
而執著於差別之現象，遂見彼我、屋舍等種種雜物。

5. 如響喻

　　《大智度論》卷六：〔註84〕

　　如響者，若深山狹谷中，若深絕澗中，若空大舍中，若語
　　聲，若打聲，從聲有聲名爲響。無智人謂爲有人語聲，智
　　者心念是聲無人作，但以聲觸故，更有聲名爲響。

在深山峽谷，從聲有聲，謂之爲響（回音），無智之人謂爲實有人語
音聲；此譬喻謂諸法皆空，爲誑相而已。

6. 如乾闥婆城

　　《大智度論》卷六：〔註85〕

　　如乾闥婆城者，日初出時見城門樓櫓宮殿行人出入，日轉
　　高轉滅，此城但可眼見而無有實，是名乾闥婆城。……復
　　次乾闥婆城非城，人心想爲城。凡夫亦如是，非身想爲身，
　　非心想爲心。

乾闥婆城，意譯爲尋香城，即指海市蜃樓。在海上、沙漠或是曠野之
中，因爲日光折射的關係，所幻化出的城郭、宮殿以及行人，日轉高
而後轉滅。以此來比喻身心我見，皆爲顛倒虛幻。

〔註83〕《大正藏》，第二十五冊，No.1509，頁102。
〔註84〕《大正藏》，第二十五冊，No.1509，頁102。
〔註85〕《大正藏》，第二十五冊，No.1509，頁102。

7. 如夢喻

《大智度論》卷六：〔註86〕

> 如夢者，如夢中無實事，謂之有實。覺已知無而還自笑。……
> 人亦如是，無明眠力故，種種無而見有。

夢中本來並無實事，然而夢中喜怒哀樂似乎樣樣眞實，待大夢初醒時，方知一切皆爲虛幻。人生亦復如是，若大夢覺醒見到自己本來面目時，方知一切皆空。

8. 如影喻

《大智度論》卷六：〔註87〕

> 如影者，影但可見而不可捉，諸法亦如是。眼情等見聞覺知實不可得。……復次如影人去則去，人動則動，人住則住；善惡業影亦如是，後世去時亦去，今世住時亦住，報不斷故罪福熟時則出。

如影喻，又作光影喻。光映則影現，可見但不可捉，又影但隨形，眾生若起我執執形爲實，則業行造作也就如同影子之緊隨而不相離。是以當解諸法如影空無實體。

9. 如鏡中像喻

《大智度論》卷六：〔註88〕

> 如鏡中像者，如鏡中像非鏡作、非面作、非執鏡者作，亦非自然作，亦非無因緣作。……復次如鏡中像，實空不生不滅，誑惑凡人眼。一切諸法亦復如是，空無實不生不滅，誑惑凡夫人眼。

要得見鏡中人，必須有鏡、面、持鏡之人以及光等條件，是故鏡中人是因緣和合而生，因緣散則無。一切諸法亦復如是，皆是從因緣而生，無有實體。

10. 如化喻

〔註86〕《大正藏》，第二十五冊，No.1509，頁102。
〔註87〕《大正藏》，第二十五冊，No.1509，頁102。
〔註88〕《大正藏》，第二十五冊，No.1509，頁102。

《大智度論》卷六：〔註89〕

> 諸神通人神力故，能變化諸物。天龍鬼神輩得生報力故，
> 能變化諸物。如化人無生老病死，無苦無樂異於人生。以
> 是故空無實，一切諸法亦如是皆無生住滅，以是故說諸法
> 如化。

如諸天以及仙人等以神通力假變人形，但此人卻無生滅苦樂之實；由
其神通變化所顯之物皆無實體，變化來亦可變化去。此喻諸法無有生
滅，如化而成亦無實有是空。

上述空之十喻，主要是由日常生活的經驗，透過眼睛所見的虛幻
世界 —— 幻、燄、水中月、虛空、乾闥婆城、鏡中像、化；還有透
過耳朵所聽聞的 —— 響；以及大家共同有的生活經驗 —— 夢。由種
種的虛妄不實的變化來說明「空」義，即一切的事物都沒有固定永恆
不變的實體。

另外還有《維摩詰經》「十喻」，〔註90〕以譬喻人身的空與無常。

1. 是身如聚沫，不可撮摩。
2. 是身如泡，不得久立。
3. 是身如炎，從渴愛生。
4. 是身如芭蕉，中無有堅。
5. 是身如幻，從顛倒起。
6. 是身如夢，為虛妄見。
7. 是身如影，從業緣現。
8. 是身如響，屬諸因緣。
9. 是身如浮雲，須臾變滅。
10. 是身如電，念念不住。

佛經中常用譬喻的方法，或是借用現成的故事或是舉出事例，這就使得

〔註89〕《大正藏》，第二十五冊，No.1509，頁102。
〔註90〕《維摩詰經》，卷上，〈方便品〉第二，《大正藏》十四冊，No.475，
　　　頁539中。

說法的語言具有藝術性。同時用故事以及傳說等材料，用形象和譬喻說法較生動，也易於被眾人所接受，亦方能達成佛陀教化眾生的目的。

二、誇飾的運用

佛經傳入中國之後，以「好大不經，奇譎無已」，〔註91〕「深妙靡麗」〔註92〕帶給人極大的震憾。如《華嚴經》〈廬舍那佛品〉〔註93〕所描寫的世界概況：

> 此世界海上方，次有世界海，名雜寶光海莊嚴，中有佛剎
> 名樂行清淨，佛號無礙功德稱離闇光王……在於上方妙音
> 勝蓮華藏獅子座上結跏趺座，如是等十億佛剎塵數世界海
> 中，有十億佛剎塵數等大菩薩來，一一菩薩各將一佛世界
> 塵數菩薩以爲眷屬，一一菩薩各與一佛世界微塵數等妙莊
> 嚴雲，悉皆瀰復充滿虛空，隨所來方結跏趺座。彼諸菩薩
> 次第座已，一切毛孔各出十佛世界微塵數等一切妙寶淨光
> 明雲，一一光中各出十佛世界微塵數菩薩……

像上述這段經文如此誇張的描述手法，在佛經是相當常見的，而其中所描寫的境界往往是吾輩難以思議的境界。

《法華經》的〈譬喻品〉〔註94〕中，有「火宅喻」，文中對宅屋的朽壞以及火蔓延的情景，還有長者的利誘逃出火宅，都做了相當細膩以及誇張的描寫。在此舉例如下：

> 譬如長者，有一大宅，其宅久故，而復頓弊。堂舍高危，
> 柱根摧朽，樑棟傾斜，基陛積毀。……於後宅舍，忽然火
> 起，四面一時，其炎俱熾，棟樑椽柱，爆聲震裂，摧折墮
> 落，牆壁崩倒，諸鬼神等，揚聲大叫。雕鷲諸鳥，鳩槃荼
> 等，周章惶怖，不能自出。惡獸毒蟲，藏竄孔穴，毗舍闍

〔註91〕《後漢書》，卷八十八〈西域傳論〉。
〔註92〕牟子〈理惑論〉《弘明集》，卷一。
〔註93〕《大正藏》，第九冊，No.279，《大方廣佛華嚴經》，唐實叉難陀譯。
〔註94〕《大正藏》，第九冊，No.262，《妙法蓮華經》，卷三，姚秦鳩摩羅什譯。

鬼，亦往其中。薄福德故，爲火所逼，共相殘害，飲血噉
肉。野乾之屬，並已前死，諸大惡獸，競來食噉。臭煙烽
孛，四面充塞，蚖蛇蚰蜒，毒蛇之類，爲火所燒，爭走出
穴，鳩槃荼鬼，隨取而食。又諸惡鬼，頭上火燃，飢渴熱
惱，周章悶走。其宅如是，甚可怖畏，毒害火災，眾難非
一。是時宅主，在門外立，聞有人言：汝諸子等，先因遊
戲，來入此宅，稚小無知，歡愉樂著……

　　這一段描寫，利用幻設與鋪排，使整個場景相當的完整而生動。
這個「火宅喻」是以家宅遭遇大火，幼兒仍在宅中遊玩，不知脫離危
險，長者乃施設方便，告以門外有幼兒所喜愛之羊車、鹿車、牛車等
三車，藉以誘出門外，遂共乘大白牛車脫離火宅。此譬喻以火宅來比
喻三界爲「五濁」、「八苦」等苦惱所聚，無法安住；幼兒比喻眾生，
貪著三界眈於享樂之生活，不知處境之危險。長者是比喻佛，羊車比
喻聲聞乘，鹿車比喻緣覺乘，牛車比喻菩薩乘，大白牛車比喻一佛乘。

　　這種宗教境界的創造，與中國傳統誇而有節，飾而不誣的理性精
神是完全不同的。

　　《華嚴經》〈入法界品〉〔註95〕提到菩薩度化眾生的情況：

或以名號教化，或以憶念教化，或以音聲教化，或以圓滿
光明教化，或以光明網教化，隨者所應，悉現其前。現處
處莊嚴，不離佛所，不離樓閣座而普現十方。或放化身雲，
或現無二身，遊行十方，教化眾生。……或現種種色身音
聲教化眾生，或現諸語言法，種種威儀，種種菩薩行，種
種巧術，一切智，明爲世間鐙，普照眾生業報莊嚴，分別
諸方悉行圓滿菩薩諸行。

這裡明確的提出在宣揚佛理時，必須運用豐富的想像以及各種善巧方
便。所以佛經中對於地獄的極苦之狀，作了相當詳細的描寫，如《地
藏菩薩本願經》卷三〈觀眾生業緣品〉：

復有夜叉執大鐵戟，中罪人身，或中口鼻，或中腹背，拋

─────────────

〔註95〕《大正藏》，第九冊，No.279，《大方廣佛華嚴經》，唐實叉難陀譯。

空翻接，或置床上。復有鐵鷹，啗罪人目。復有鐵蛇，絞
罪人頸，百肢節內，悉下長釘，拔舌耕犂，抽腸剉斬，烊
銅灌口，熱鐵纏身，萬死千生，業感如是。

像這般對地獄的情景作如此深刻與誇張的描寫，在中國古代的文學中是
未曾見到的，所以當佛典漢譯之後，自然會對中國文學的內容有影響。

三、高度的想像與神通變化

牟子的〈理惑論〉中提到：〔註96〕

佛者，謚號也。猶名三皇神、五帝聖也。佛乃道德之元祖，
神明之宗緒。佛之言覺也，恍惚變化，分身散體，或存或
亡，能小能大，能圓能方，能老能少，能隱能彰，蹈火不
燒，履刃不傷，在污不染，在禍無殃，欲行則飛，坐則揚
光，故號為佛也。

牟子這段敘述是在說明佛是具有神通威力的人，其神變遠遠超過中國
的聖人。這種「神通變化」是佛經的一大特色。

在佛經中提到諸佛菩薩皆具「三明」，〔註97〕與「六神通」〔註98〕
—— 神境通、天眼通、天耳通、他心通、宿命通以及漏盡通。同時佛
具有「三身」〔註99〕—— 法身、報身、應化身，所以二千多年前降

〔註96〕梁僧佑《弘明集》，卷一。

〔註97〕三明，又作三達、三證法。達於無學位，除盡愚闇，而於三事通達
無礙之智明。一者宿命智證明，即明白了知我及眾生一生乃至百千
萬億生之相狀之智慧。二者生死智證明，即了知眾生死時生時、善
色惡色，或由邪法因緣成就惡行，命終生惡趣之中；或由正法因緣
成就善行，命終生善趣中等等生死相狀之智慧。三者漏盡智證明，
即了知如實證得四諦之理，解脫漏心，滅除一切煩惱等之智慧。

〔註98〕六神通，又作六通。指六種超人間而自由無礙之力。一神境通，又
作神足通，即自由無礙，隨心所欲現身之能力。二天眼通，能見六
道眾生生死苦樂之相，及見世間一切種種形色，無有障礙。三天耳
通，能聞六道眾生苦樂憂喜之語言，及世間種種之音聲。四他心通，
能知六道眾生心中所思之事。五宿命通，能知自身及六道眾生之百
千萬世及所作之事。六漏盡通，斷盡一切三界見思惑，不受三界生
死，而得漏盡神通之力。（以上天眼通、宿命通、漏盡通並稱為三明。）

〔註99〕三身，身即聚集之義，聚集諸法而成身，故理法之聚集稱為法身，

生於印度的釋迦牟尼佛，說法四十九年，八十歲入涅槃，只不過是眞實法身佛的一種示現而已。所以世尊雖然入涅槃，但是佛的法力是變化無邊的，是以「種種變化施作佛事，一切悉睹無所罣礙，於一念頃一切現化，充滿法界」〔註100〕

智法之聚集稱爲報身，功德法之聚集稱爲應身。《金光明經》所説之三身，化身是指如來昔在因地修行，爲一切眾生修種種法至修行滿，因修行力故，得自在而能隨應眾生現種種身。應身，是指諸佛爲令諸菩薩得通達，並體得生死涅槃味，以爲無邊佛法而作本，故示現此具足三十二相，八十種好之身。法身，指滅除一切諸煩惱等障而具足一切之諸善法故。

〔註100〕《大正藏》，第九冊，No.279，《大方廣佛華嚴經》，卷一，唐實叉難陀譯。

第八章　結　論

　　六朝從公元三世紀初到七世紀初，這段時期南北對峙，戰禍連連，社會動盪不安，階級矛盾尖銳。就整個社會而言，政治分崩離析，割據勢力擁兵自重；在意識形態的領域，儒術一尊的格局被打破，取而代之的是佛教與玄學思想。

　　漢末魏晉南北朝是中國政治上最混亂，社會上最痛苦的時代，在這樣的政治社會背景之下，六朝進入一個「人的覺醒」時期，以及「文的自覺」時代。而受到佛教傳入中國的影響，以及文士與僧侶的往來，與當時文壇上迷漫著玄言詩風，中國文學在六朝時期，出現了僧侶詩歌的作品，這是在魏晉以後才出現的情形，也是文學發展過程中，值得關注的現象。

　　六朝時期佛教的弘傳，與當時動盪不安的社會有密切的關係。從東漢末年以來，頻繁的政權更迭，以及戰禍不斷，所以當現實環境中，天災與人禍伴隨而至，人的生命受到嚴重的威脅時，佛教講求善惡報應以及尋求極樂蓮邦的教義，可以爲當時苦難的老百姓，指出一條希望與光明的路子。猶如暗室中的一盞明燈，給予苦難的心靈，點燃希望之燈，六朝長期處於動盪的局勢中，是佛教得以迅速弘傳的原因之一。

　　魏晉玄學是在中國社會經濟制度發生重大變化的情況下，取代漢代正統儒家的經學。同時玄學是門閥士族所提倡的唯心主義學說。由

於玄學專務清談，不涉世務，加之它的抽象思維形式，較為繁瑣。因此雖曾風靡一時，但卻未能深入影響社會的各個階層。

永嘉之亂後，社會動盪，戰亂兵革四起，在此背景之下，漢魏之際已衰弱的儒學元氣未恢復，玄學亦在學術界的反思之中，亂世之際，社會迫切需要的是一種能夠滿足各階層的靈丹妙藥。佛學的各種學說，一方面可以與統治階級原有的思想溝通，並滿足他們精神上自我慰藉的需要。加上當時玄學名士對佛學尚無全面深刻的認識與研究，對佛經望文生義，將佛教視作玄學的同義詞，也因此名士與名僧的往來日趨頻繁。

同時東晉皇權衰弱，由門閥大族輪流執掌政權，時局動盪不安，名士處於此環境中憂慮惶恐，在此種情況之下，佛教的因果報應與彼岸說，廣受名士的接納。東晉君臣和一般名士熱衷研習佛學，同時借助佛教的教義解決玄學遇到的諸多疑難，研討佛理成為風尚。

魏晉時期大乘佛教所呈現的廣泛適應性與雅俗共賞性，以及佛教對中國傳統文化缺陷的彌補，使得佛教在南北朝時期受到中國封建統治階層的推崇。兩晉以後一直到南北朝時期，佛教逐漸中國化並且廣泛流傳至中國。這一時期的文壇上，佛教的教義與信仰也漸漸的為文士所接受，文士與僧侶之間往來的情況非常的普遍，如東晉時的支遁、道安、慧遠等僧侶，與文人的往來非常頻繁，《世說新語》與《高僧傳》書中，都可以找到許多關於文人與僧侶往來的記錄。

東晉時，由於佛教義理研究風氣的暢行，加上當時社會上老莊玄學談風的盛行，文士與僧侶的往來日趨密切，於是佛教與中國文化交流的機會也相對增多，也間接造就僧詩的創作。同時這種情形造成兩個層面的影響，一是僧侶的佛學修養，多少會影響文士信奉佛教，文士進而躬自力行佛教的儀式，甚至還創作讚佛與讚僧的作品。另一方面，就僧侶本身而言，文人的文學造詣與思維方式也影響著僧人的想法。所以在這樣的情況下，僧侶也會以詩歌創作的模式來表達他們的心靈世界。

　　僧侶作詩與佛教的弘傳亦有關係。自魏晉中華教化與佛學結合以來，重要之事有二端，一為玄理之契合，一為文學之表現。玄理之契合，即以玄理解釋佛學，這是佛學引入中國的一大特點；文學之表現，就是用文學語言來宣揚佛教的義理，其主要方式之一是以詩來闡述佛理。就詩歌方面而言，從僧傳與詩文選集中的統計，六朝僧侶詩作約有二百五十多首作品。雖然作品數量不算多，但這些詩作是僧詩的濫觴，在文學史上是有重要意義的。

　　六朝時期僧侶作詩是中國文學史上很特殊的現象，僧人寫詩的風氣，應自東晉開始，目前以橫跨西晉與東晉的僧侶佛圖澄，他算是最早作詩的僧人，但是內容只有三句，是屬於寓言性質的詩。到東晉與南北朝僧侶的詩作，已經呈現多樣的風貌，內容相當廣泛，有山水詩、玄言詩、宮體詩以及佛理詩等等，僧詩創作一直到唐代達到巔峰。

　　六朝僧侶的詩歌，包含的內容相當豐富，有──玄言詩、山水詠懷詩、宮體詩與佛理詩與讖詩。由於僧侶的特殊身份，所以在詩作上也自然呈現出不同於文士詩歌的風格與思想。

　　玄言詩的主要特點在於以詩歌的形式來談玄，它除了以老莊玄學為內容外，還加上佛家的「三世之辭」與佛理在詩歌中。佛學在東漢時來到中國，到了東晉時期已經相當普遍，僧侶與上層貴族以及文士之間相當頻繁，文士學習佛法的風氣很盛行，佛理亦隨之成為清談時重要的內容。東晉時盛行的「格義佛教」即是一種玄學化的佛教，當時佛經的講習與佛理的探討，更是以清談的形式進行。

　　東晉時的清談名士很重視佛理，他們以為佛理與玄學的旨趣相通，都可以透徹宇宙與人生的道理。所以如孫綽、許詢與郗超等清談名士，都好樂佛經，佛理進入清談，亦是勢之所趨。再加上東晉時許多僧侶善於清談，如支遁即是代表，當這些思想表現於詩作，則產生具有玄言味道的「佛理玄言詩」。

　　文士與僧侶的交往，是玄學與佛學交融的表徵，而佛理玄言詩的創作，即是在文士與僧人的往來贈答而開展的詩作。這類贈答的詩，

以東晉時名士張君祖與竺法頵及康僧淵之間的贈答詩，是目前所見最早的作品。

僧侶的詩歌作品中，大量的使用玄言的句子，以支遁爲首。在佛理與玄言詩融合時，相當注重的是「得意忘言」。在《高僧傳》中，對《老》、《莊》、《易》有涉略的僧侶，主要是收錄在〈義解篇〉中，所謂的「義解」，重點即在於如何由「言」到「意」，而言意之辨是魏晉玄學的中心議題。六祖慧能以下的禪宗，以「不立文字」、「見性成佛」爲特徵，從歷史演變的角度來看，正是魏晉以後玄學與佛學交融會通的結果。

玄言詩興盛百年之後，劉宋初山水詩代之而起。宋代詩人曾寫道：「可惜湖山天下好，十分風景屬僧家。」(註1) 這詩句中道出一項事實，即僧侶與山水間有著不解之緣，而僧侶對於自然山水的喜好是魏晉以來佛學與玄學交融的結果。

六朝僧侶創作山水詩的代表，主要是支遁與慧遠。支遁的作品中除了對山水自然的景色作描寫，也流露出他對於山水的喜好。《歷代三寶記》卷七中提到支遁「以山居爲得性之所」。他在〈上書告辭哀帝〉一文中亦提到「貧道野逸東山，與世異榮，菜蔬長阜，漱流清壑。」(註2) 由這些記載可見支遁的生活與自然是非常接近的。而支遁的詩歌基本上所呈現出來的是山水詩的雛形。

慧遠大師及其周圍的僧俗雅士，在晉宋之際的山水審美意識嬗變中扮演重要的角色。在慧遠大師的詩歌中，如〈奉和劉隱士遺民〉、〈奉和王臨賀喬之〉、〈奉和張常侍野〉等詩作中，可以看到慧遠常用自然的景色描寫來反映心理的狀態，或是藉以呈現佛理，通常他筆下的山水、雲等自然景色，都具有特殊的象徵意義。支遁與慧遠等僧侶所寫的山水之作，對於謝靈運的山水詩乃至山水詩特色的形成，是有一定的影響力，這是詩歌史上值得關注的課題。

〔註 1〕《清獻集》，卷十，（宋）趙抃，〈次韻范師道龍圖三首〉之一。
〔註 2〕見《全晉文》，卷一五七，支遁〈上書告辭哀帝〉。

　　齊梁時在文壇上興起一種專門以吟詠豔情為主的詩風，在文學史上被稱作「宮體詩」。宮體詩最典型的特色是「輕豔」的詩風，主要是因為詩歌的表現通常是以輕豔的字句來刻劃女性的嬌美姿態。鍾嶸在《詩品》下品所評論的齊惠休上人、道猷與釋寶月三位僧侶的詩作，可以說是六朝僧侶作宮體詩的代表。

　　僧侶豔情詩的創作與佛教傳入有很大的關係，其原因有三方面的——佛經中的豔情描寫、《維摩詰經》中亦僧亦俗的表現以及六朝時重視威儀容貌的社會風氣。

　　佛教發源於印度，印度的文學對於色情的描寫是相當大膽的，由於植根於印度文學的傳統，佛經以及佛教文學中也會出現一些豔情的描寫。佛教是反對淫欲的，但是並不避免對淫欲的描寫，佛陀說這些故事主要的目的在於以這些故事來警醒眾生，若不修習善道會招致的惡報。東晉以後，由於翻譯的進步與思想界的改變，加上翻譯者忠於原典，所以翻譯者把佛經中一些極為輕豔的文字，如實的轉譯過來，如竺法護所譯《普曜經》卷六〈降魔品〉即具體描述魔女的美貌。但從另一層面來思考，佛教的傳入，同時也助長社會上的弊俗，僧侶佛徒受佛經影響也好為豔情詩。

　　齊梁時代經學衰頹，名教的束縛力量經過魏晉玄學與佛教傳入的影響變得愈來愈弱，反而是佛教的力量愈來愈增強，梁武帝時甚至尊佛教為國教。許多讀書人都兼修佛教，佛教思想對當時的社會生活以及思想文化的影響相當大。

　　尤其當時士大夫的生活方式，深受《維摩詰經》中維摩詰居士亦僧亦俗表現的影響。一則他影響僧侶與士大夫的淫靡放蕩，因為維摩詰居士示範一個理論性的榜樣。另一方面，對於個體擺脫名教的束縛，以及注重主體情感是一種增上緣。

　　六朝時代受到道家思想的影響，當時的人對於體態之美相當注重，對外在形貌的重視遠超過對道德的強調。在慧皎的《高僧傳》中可以看到出家僧侶對於人體形貌的重視，尤其是注重風姿的俊美，這

顯然是與魏晉以來的社會風氣是有關的。

佛教是以人身爲虛幻不實的，依照常理是不必在意容貌舉止如何，但是在慧皎《高僧傳》中特別注重這方面的記載，這反映出當時的風氣是重視容止的，這同時也是佛教文化受到中國文化影響的一個表徵。

僧侶的詩作中，有一類是作品是以闡述佛理爲主的，其內容包括純粹闡述佛理，或讚揚佛菩薩的行儀，還有藉詠物來抒情達理，這類作品稱之爲「佛理詩」。所謂「佛理詩」，就是在詩歌中抒發對於佛理的體驗，或者是以佛教思想爲通篇主旨的詩歌。因此佛理詩一般而言是以說理爲目的，在行文之中，常常引用佛教的名相。

以說理爲主的詩歌風格，主要是在魏晉以後才出現的。魏晉時期，玄學興盛，文壇上彌漫著談玄說道的清談風氣，尤其是東晉南遷以後玄風更盛。時代風氣崇尚玄風，表現在詩歌的創作中就是玄言詩的興起，當時與魏晉玄風相應的，是佛教的般若學說的宣揚。事實上佛教與玄學之間，在當時是互相影響的，當時的僧侶與士大夫之間的往來非常密切，談玄論佛可說是當時的時代風氣。

僧侶與當時的文士往來密切的風氣，無形之中也促使六朝詩歌中出現過去所未曾見到的佛教色彩。在六朝所創作的詩歌中，佛教色彩最爲濃郁的就是「佛理詩」，它的抒情意味很淡，但說理性質彌漫整篇作品中，這和傳統中國詩歌重視抒情的特質完全不同。

佛理詩大致可分三個類別——純粹闡述佛理、讚揚佛德之作與藉詠物以抒情達理。佛理詩以宣揚佛理爲主，目的在教化眾生歸依佛陀，信仰佛教，所以引用佛教語彙的情況是相當普遍的，同時在行文中與佛經的漢譯偈頌非常相似。

僧侶以出家僧人以及詩人的雙重身份來從事詩歌的創作，所以在詩歌的內容以及語彙上自然而然會將佛教的用語與思想帶到詩歌之中。僧詩中常見以比喻造詞的語彙，這在佛教的意譯的語詞中是相當廣泛的用法，如以「法」爲本體的語彙，以「心」爲本體的語彙，以

及以「煩惱」爲本體的語彙，這些都是相當常見的語彙。

「心」在佛經中用義很多，可以泛指一切精神現象，與「意」、「識」的概念相同，如「心地」、「心波」屬於此義；也可以作八識之一，即第八識「阿賴耶識」之別名，指一切善惡種子含藏之所，如「心田」即是，亦可用來指清淨無染之心性，如「心鏡」。

「法」爲通於一切之語。凡一切小者大者，有形無形，眞實者，虛妄者，悉皆爲法。如《大乘義章》卷十：「法者，外國正音名曰達磨，亦名曇無。本是一音傳之別耳，此翻爲法，法義不同。泛釋有二，一自體名法，二者軌則名法。」

在僧侶詩中常見以「空」爲首的語彙，主要是從事物的特徵來進行修飾，如「空王」、「空門」、「空性」、「空觀」與「空相」等語彙。「空」字之義是指因緣所生之法，究竟而無實體。如鳩摩羅什〈十喻詩〉：「十喻以喻空，空必待此喻。」即設了十個譬喻來說明空的道理。十喻即是鳩摩羅什所譯《摩訶般若波羅蜜經》序品中所云：「解了諸法，如幻、如燄、如水中泡、如虛空、如響、如乾闥婆城、如夢、如影、如鏡中像、如化。」〔註3〕這十個譬喻都是在說「空」的道理。

以「空」爲首的佛教語彙，或以「心」爲首的語詞，在僧侶詩歌作品中都是相當常見的。

以「玄」爲首的語詞在六朝僧侶詩歌中也是很常見的。有關「玄」字的語彙，依著語詞的內涵可以分成「自然」與「人生」兩類的意象。自然的意象主要是取材於自然界的物象，如「玄谷」、「玄夕」、「玄風」等語彙，就是在大自然的山谷、芳草與風等景物之前加上「玄」字。人生的意象主要取自人類的社會活動，屬於這一類的意象有「玄聖」、「玄思」、「玄運」、「玄篇」等。大致而言這一類的語彙都蘊含神妙的意味，都深受老莊與佛教的影響。如「玄中經」是指佛經，這與東晉以後玄風盛行，談玄之名士與僧侶的往來日益密切有關，佛理引入玄

〔註3〕見《大正藏》，第八卷，般若部四，223號。

談之中，用佛學之細緻的思辨方法闡釋玄學的義理。而且東晉時的佛學大師，如道安與慧遠以般若闡述老莊之學，均富有玄學的意味，故以「玄中經」稱佛經是很自然的事。

在六朝僧侶詩中有一些語彙，具有一定的象徵意義，如「海漚鄉」、「滄浪」、「波浪」、「浮漚」等。這些語彙都是借用自然界的現象來說明人世間的紛擾與多變。在傅大士的〈浮漚歌〉中，由「浮漚」的特質「浮漚自有還自無」、「浮漚聚散無窮已」，而觀察到浮漚生滅變化非常迅速，進而體悟到人生的虛幻不實，以及人間的盛衰流轉之迅速。「海漚鄉」、「滄浪」、「波浪」、「浮漚」，本來都是自然界的現象，後來都轉化成佛教的用語，喻指人世間的紛紛擾擾以及人生的變化不定，這亦是六朝僧侶詩的語言特色。

隨著外來僧侶將佛經由梵語翻譯成漢語，對中國傳統思想以及文學造成很大的影響。六朝僧詩中，引用佛教用語是一大特色，這在六朝以前的詩歌作品中是未曾見到的情形，六朝僧侶詩中之所以引用佛典的情況，與當時佛經的傳譯有著密切的關係。

佛教在中國的弘傳，一方面靠僧團的傳教活動，另一方面則靠佛經的傳譯與流通。兩晉以後，佛教廣泛而深入的流傳到中國文人之中，文人研習佛典漸成風氣，對於知識份子而言，佛典精密的義理以及恢宏的想像力以及審美表現，是相當具有吸引力的。所以佛典對於中國文人以及僧侶而言，影響是非常深遠的。

佛經的翻譯，使得漢語中出現大量與佛教相關的詞語，而這些語彙又隨著佛教的傳播，逐漸由專門用語融入到人們的日常生活中。六朝僧侶在詩作中引用佛典用語是很頻繁的現象，最早出現的僧詩康僧淵〈代答張君祖詩〉，單這一首詩就用了「生死」、「有情」、「無生」、「大慈」、「菩薩」、「摩詰」等佛教用語。所以在六朝有一特殊現象，即能詩文的僧侶進行創作時，必然會在詩作中表現對佛教教義的認識。在創作詩歌時自然會在詩歌中宣傳佛教的義理，同時佛家是從根本上來說佛理，又是關懷人生的問題，所以詩歌在闡述佛理之外，也

有現世的生命關懷，而詩作中就常會引用佛教語彙。

　　佛經中常見到關於佛陀說法的記載，佛陀說法多用譬喻的方式，為了使眾生，易於理解教義，常借用現成的故事或是舉出事例。一般而言，譬喻大多是舉示現今的事實，也有舉示假設之例證。

　　同時佛經自傳入中國以後，以「好大不經，奇譎無已」〔註4〕帶給中國人極大的震撼。如《妙法蓮華經》的〈譬喻品〉中有「火宅喻」，文中對宅屋的朽壞以及火蔓延的情況，還有長者的利誘逃出火宅，作相當細膩與誇張的描寫。以幻設與鋪排的手法，使得整個場景顯得完整而生動，類似這樣的描述，在中國古代文學中是未曾見的，所以當佛經譯成漢文之後，自然對中國文學的內容產生一定的影響。

　　六朝僧侶詩與文士的詩作有何異同之處，兩者之間有那裡是相同的，在內容的表現以及詩歌語言方面，其中的差異情況如何？這是將來值得研究的課題之一。

　　再者，僧侶詩歌在文學史上的定位如何？這個問題必須從整個文學發展史的角度來看，尤其僧侶以宗教者的身份來從事文學的創作，因為僧侶本身對佛典研讀以及對佛教教義的深研，加上過去的儒典外學的薰陶，所以表現在詩歌作品上，自然而然會將佛家的思想以及佛典的用詞引到詩歌中，因此在佛教玄言詩或佛理詩的內容中，帶有非常濃郁的佛教色彩，是過去文人的文學作品中未曾見到的現象。甚至於僧侶所創作的山水詩以及豔情詩的內容與詞彙乃至表現方式，都和文士所創作的詩歌迥然不同，這顯然與僧侶的身份有密切關切，而且是與佛教傳入中國更是息息相關的。因此僧侶詩歌的定位，應該是放在「宗教文學」與「宗教詩歌」的位置來看待的。它雖然承襲中國文學的形式來表現，但是就文學本身的表現來觀察，僧侶詩基本上是以弘傳佛教教義為主，抒情達理是其次。

　　因此，六朝僧詩是僧侶作詩的開端，其作品仍未成熟，僧詩的創

〔註 4〕見《後漢書》，卷八十八，〈西域傳論〉。

作必須到唐代寒山以後才較成熟，所以未來希望可以繼續對其它時期
的中國僧侶作品作深入的研究，藉以補充文學史上闕如的部份，同時
賦予僧詩適當的定位。

附錄一　佛教與謝靈運的山水詩

　　南朝詩人鮑照曾說：謝詩如初發芙蓉，自然可愛。」〔註1〕同時代的湯惠休亦曾說過：「謝詩如芙蕖出水。」〔註2〕當我們在閱讀謝靈運的詩作時，會感覺到彷彿在眼前浮現一幅明媚鮮活的畫面，讓人如置身於佳山秀水的境界之中，雖然在作品的結尾都帶著玄言的詩句，但是一般都認為謝靈運所創作的是山水詩。

　　劉勰《文心雕龍·明詩》中提到「情必極貌以寫物，辭必窮力而追新」，〔註3〕這是在說明宋初所興起的山水詩特色，當山水詩人創作詩歌時，傾全力用各種辭句刻劃描摩，以求山水風光能細緻入微呈現於詩中，這也是「寫實」的描寫手法。在〈物色篇〉也提到：

　　　　自近代以來，文貴形似，窺情風景之上，鑽貌草木之中。

　　　　吟詠所發，志惟深遠；體物為妙，功在密附。〔註4〕

這是在說自晉宋以來，作品在描寫景物時，重在窮形盡相，詩歌的創作除了求其情志深遠外，事物的描繪上，必須在功效上能圖貌其物，貼切入微。這種刻劃景物的詩歌手法，在晉宋以前的詩歌中，幾乎是

〔註1〕見《南史·顏延之傳》引鮑照語。

〔註2〕見鍾嶸，《詩品》中。

〔註3〕劉勰著，周振甫，《文心雕龍注釋》〈明詩篇〉，頁85。

〔註4〕劉勰著，周振甫，《文心雕龍注釋》〈物色篇〉，頁846。

很少見，因爲之前的詩歌大多是「意象的反映」。〔註5〕

　　山水詩的集大成者，以謝靈運爲代表，清朝沈曾植曾云：「康樂總山水老莊之大成，開其先者支道林。」〔註6〕謝靈運在宗教信仰上是篤信佛教的，如何尚之〈答宋文帝贊揚佛教事〉曾記載：〔註7〕

　　　　謝靈運每云：「六經典文，本在濟俗爲治耳，必求性靈眞奧，豈得不以佛經爲指南耶？」

另外在《高僧傳》中也記載：〔註8〕

　　　　陳郡謝靈運篤好佛理，殊俗之音，多所達解。

上述的文字記載是表現出謝靈運是篤信佛教的。他也曾作〈與諸道人辨宗論〉，〔註9〕並爲慧遠大師的佛影窟制銘刻石，作〈佛影銘並序〉；〔註10〕與當時的僧侶多有往來，如名僧慧遠、慧叡、曇隆道人、法勗、僧維、慧驎、竺法綱、慧琳、法流都是謝靈運往來的對象。〔註11〕此外，他與慧嚴、慧觀改譯《大般涅槃經》（世稱南本）。

　　謝靈運所改譯的《大般涅槃經》，在晉宋時代是一部很流行的經典。其實佛經並非只是一味宣揚抽象的教理，相反的在某些經典中還經常塑造出鮮明生動的形象來感動人們歸依佛教。如《大般涅槃經》中爲了讓眾生去除世俗的邪見，堅定奉佛的心念，以大量的篇幅描繪世間的污穢不堪以及地獄的恐怖和天界的莊嚴美妙。無非是希望引起人們對塵世及世俗生活的厭惡，轉而對涅槃境界的嚮往與追求。

　　這部《大般涅槃經》肯定人人都具有眞如佛性，都可以成佛證得

〔註5〕見劉大杰，《中國文學發展史》，華正書局，頁304。

〔註6〕見沈曾植，〈與金太守論詩書〉，轉引自賴永海《佛道詩禪》頁223，佛光出版社，民國81年3月出版。

〔註7〕何尚之，〈答宋文帝贊揚佛教事〉，見《弘明集》，卷十一。

〔註8〕見《高僧傳》，〈慧叡傳〉。

〔註9〕見《廣弘明集》，〈法義〉篇，《大正藏》，卷五十二。

〔註10〕見《廣弘明集》，卷十五，〈佛德篇〉，《大正藏》，卷五十二。

〔註11〕見湯用彤〈謝靈運事蹟年表〉，《國學季刊》，第三卷第一號。亦收錄於《理學‧佛學‧玄學》一書中，北京大學出版社，1992年10月二刷。

涅槃的境界，經中寫到釋迦牟尼佛即將涅槃時的情景：

> 亦如晨朝日初出時，爲欲闍毗如來身故，人人各取香木萬
> 束，旃檀沉水牛頭旃檀天木香等，是一一木紋理及附，皆
> 有七寶，微妙光明，譬如種種雜綵畫飾，以佛力故，有是
> 妙色青黃赤白，爲諸眾生之所樂見，諸木皆以種種香塗，
> 郁金沉水及姣香等，散以諸花而爲莊嚴。

經中又寫道：

> 如來不久當般涅槃，是時大眾一切悉見無邊身菩薩及其眷
> 屬。是菩薩身一一毛孔各出生一大蓮華，一一蓮華各有七萬
> 八千城邑，縱廣正等如毗耶離城，牆壁諸塹七寶雜廁，多羅
> 寶樹七重行列。人民熾盛安隱豐樂，閻浮檀金以爲卻敵，一
> 一卻敵各有種種七寶林樹，華果茂，微風吹動出微妙音，其
> 音和雅猶如天樂。城中人民聞是音聲，即得受於上妙快樂。
> 是諸塹中妙水盈滿，清淨香潔如眞琉璃。是諸水中有七寶
> 船，諸人乘之游戲澡浴，共相娛樂快樂無極。復有無量雜色
> 蓮華、優缽羅華、拘物頭華、波頭摩華、分陀利華，其華縱
> 廣猶如車輪。其塹岸上多有園林，一一園中有五泉池，是中
> 復有諸華，……其香馥郁，甚可愛樂。〔註12〕

從上述經文中，所描寫的是勝妙境界，它所敘述的潔淨、光明、芳香
的蓮花，以及清徹的泉池，都是經典中常常出現的意象。這些花、樹、
泉池等，本來都是來自世俗的世界，但一旦置之極樂世界，沾染宗教
的色彩，就顯得優雅聖潔，妙不可言。

　　極樂世界在梵語中稱作須摩提，有妙意、安泰清和的意思。須摩
提又作須摩那，這是一種花，據《慧苑音義》云：「須摩那華，此云
悅意華，其形色俱媚，令見者心悅，故名之也。」可見得極樂世界中
各種物象都有著令人賞心悅目的美感特徵。所以對於長期閱讀佛經，
又喜好美好潔淨事物的詩人而言自然會來深刻的影響。

　　在謝靈運的筆下，有許多是他對山水的描寫但都帶有濃厚的審美

〔註12〕《大般涅槃經》，〈壽命品〉第一。

色彩，如：

　　白雲抱幽石，綠筱媚清漣。〈過始寧墅〉
　　澤蘭漸披徑，芙蓉始發池。〈游南亭〉
　　雲日相輝映，空水共澄鮮。〈登江中孤嶼〉
　　野曠沙岸淨，天高秋月明。〈初去郡〉
　　芰荷迭映蔚，蒲稗相因依。〈石壁精舍還湖中作〉
　　江上共開曠，雲日相照媚。〈初住新安桐廬口〉
　　春晚綠野秀，岩高白雲屯。〈入彭蠡湖口〉
　　遠岩映蘭薄，白日麗江皋。〈從游京口北固應詔〉

　　上面所舉的詩句，無論在取景與設色上，都意在突顯出景物的清
淨、優雅以及清妙。其中形容詞多採用紅、紫、綠、白、金等表示光
鮮奪目的的詞，而荷花、白日、江水、白雲也是詩人特別愛賞的對象。
謝靈運在創作詩歌形象具有這樣的審美心理，和他研讀佛經，受佛經
中形象描寫應該是有一定程度的關係。

　　如《觀無量壽經》中具體提出十六觀門，〔註 13〕其中第一觀是
「日觀」，第二觀是「水觀」，在作「日觀」時，要求修持者在腦海中
浮現出清晰的白日形象；作「水觀」時，要求修持者在腦中顯現出水
之清徹澄淨如同琉璃的印象。其他每一觀也都要有一定的觀想法。從
美學心理學的角度來看，這些觀想修持法門都帶有審美意味，要想使
觀想的形象鮮明眞切，亦須靠平常對日、水、樹等作細微的觀察；反
之，當修行者長期沉浸在對此類事物的觀想中，久而久之，在他的心
中會形成一種審美心理定勢。謝靈運之所以如此喜愛表現自然界中秀
麗的景物，多少包含一份宗教實踐的意味在其中，是故謝詩才會呈現
如芙蕖出水般鮮潔可愛的特質。

〔註13〕十六觀，韋提希夫人願生西方極樂世界，間欲未來世眾生往生，佛
　　　說此十六觀門。一日想觀，二水想觀，三地相觀，四寶樹觀，五八
　　　功德水觀，六總相觀，七華座想觀，八像想觀，九佛眞身想觀，十
　　　觀世音想觀，十一大勢至想觀，十二普想觀，十三雜想觀，十四上
　　　輩上生觀，十五中輩中生觀，十六下輩下生觀。

　　作爲詩人兼佛教徒的謝靈運，表現在詩歌中是對於佛理的體悟，而且是以審美的形式呈現，也正是這種對於山水自然之美獨特的體驗與探索，所以形成謝靈運詩迥異於其它詩人的獨特風貌。

附錄二 《世說新語》中關於僧侶的記載

說明：

1. 此統計係依據《世說新語箋疏》，余嘉錫箋疏，上海古籍出版社，1993 年，十二月一刷。

2. 本表注明出處的引文號次、頁數，以及人物。

言語篇	頁數	人　物　事　蹟
45	106	1. 佛圖澄與石勒遊，〔註1〕林公曰：「澄以石虎爲海鷗鳥」 2. 支遁語：「澄以石虎爲海鷗鳥」
48	108	竺法深在簡文坐，劉尹問：「道人何以游朱門？」答曰：「君自見其朱門，貧道如游蓬戶。」〔註2〕
63	122	支道林常養數匹馬。或言「道人蓄馬不韻」。支曰：「貧道重其神駿」。〔註3〕
76	136	支道林好鶴，住剡東峁山。有人遺其雙鶴，少時翅長欲飛。支意惜之，乃鎩其翮。鶴軒翥不復能飛，乃反顧翅，垂頭。視之，如有懊悔意。林曰：「既有凌霄之姿，何肯爲人作耳目近玩？」養令翮成，置使飛去。

〔註1〕《佛圖澄別傳》：「道人佛圖澄，不知何許人，出於敦煌，好佛道，出家爲沙門。永嘉中至洛陽，值京師有難，潛遁草澤間。石勒雄異好殺害，因勒大將軍郭黑略見勒，以麻油塗掌，占見吉兇。數百里外聽浮圖鈴聲，逆知禍福。勒甚敬信之。虎即位，亦師澄，號大和尚。自知終日，開棺無屍，唯袈裟法服在焉。」

〔註2〕《高逸沙門傳》：「法師居會稽，皇帝重其風德，遣使迎焉，法師暫出應命。司徒會稽王天性虛澹，與法師結殷勤之歡。師雖升履丹墀，出入朱邸，泯然曠達，不異蓬宇也。」

〔註3〕《建康實錄》卷八引《許玄度集》曰：「遁字道林，常隱剡東山，不遊人事，好養鷹馬，而不乘放，人或譏之，遁曰：『貧道愛其神駿。』」

93	146	道壹道人好整飭音辭，從都下還東山，經吳中。已而會雪下，未甚寒。諸道人問在道所經。壹公曰：「風霜固所不論，乃先集其慘澹。郊邑正自飄瞥，林岫便已皓然。」〔註4〕
文學篇	**頁數**	**人 物 事 蹟**
23	213	殷浩見佛經云：「理亦應阿堵上」
25	216	褚季野語孫安國云：「北人學問，淵綜廣博。」孫答曰：「南人學問，清通簡要。」支道林聞之曰：「聖賢固所忘言。自中人以還，北人看書，如顯處視月；南人學問，如牖中窺日。」〔註5〕
30	218	有北來道人好才理，與林公相遇於瓦官寺，講小品。于時竺法深、孫興公悉共聽。此道人語，履設疑難，林公辯答清晰，辭氣俱爽。此道人每輒摧屈。孫問深公：「上人當是逆風家，〔註6〕向來何以都不言？」深公笑而不答。林公曰：「白旃檀非不馥，〔註7〕焉能逆風？」深公得此義，夷然不屑。
32	220	莊子逍遙篇，舊是難處，諸名賢所可鑽味，而不能拔理於郭、向之外。支道林在白馬寺中，〔註8〕將馮太常共語，因及逍遙。〔註9〕支卓然標新理於二家之表，立異義於眾賢之外，

〔註4〕《高僧傳》卷五：「竺道壹姓陸，吳人也。少出家，貞正有學業。瑯琊王珣兄弟深加敬事。晉太和中，出都，止瓦官寺，從汰公受學。數年之中，思澈淵深，講傾都邑，為時論所宗，晉簡文皇帝深所知重。及帝崩，汰死，壹乃還東，止虎丘山。郡守瑯琊王薈於邑西起嘉祥寺，請居僧首。後暫住吳之虎丘山。以晉隆安中遇疾而卒，春秋七十有一矣。」

〔註5〕據余嘉錫案，《北史儒林傳》序曰：「南人約簡，得其英華；北學深蕪，窮其枝葉。」語即本乎此。亦即北人博而不精，南人精而不博。支道林之言是針對清談名理而發的。

〔註6〕此語言竺法深學義不在支道林之下，當不至於從風而靡，故稱之為逆風家。

〔註7〕據《翻譯名義集》卷三〈眾香篇〉：「阿難白佛，世有三種香：一曰根香，二曰枝香，三曰華香。此三品香，唯能隨風，不能逆風。」此段文字意義是指支道林以為雖是竺法深亦不能抗己。

〔註8〕《高僧傳》卷四〈支遁傳〉：「遁嘗在白馬寺與劉系之等談莊子逍遙篇，云：『各適性以為逍遙。』遁曰：『不然。』云云。」

〔註9〕支遁〈逍遙論〉：「夫逍遙者，明至人之心也。莊生建言大道，而寄指鵬、鷃。鵬以營生之路曠，故失適於體外；鷃以在近而笑遠，有矜伐於心內。至人乘天正而高興，遊無窮於放浪，物物而不物於物，則遙然不我得，玄感不為，不疾而速，則逍然靡不適。此所以為逍遙也。若夫有欲當其所足，足於所足，快然有似天真。猶饑者一飽，渴者一

		皆是諸名賢尋味之所不得。後遂用支理。
35	222	支道林造〈即色論〉，〔註10〕論成，示王中郎，中郎都無言。支曰：「默而識之乎？」王曰：「既無文殊，誰能見賞？」〔註11〕
36	223	王逸少作會稽，初至，支道林在焉。孫興公謂王曰：「支道林拔新領異，胸懷所及乃自佳，卿欲見不？」王自有一往雋氣，殊自輕之。後孫與支共載往王許，王都領域不與交言。須臾支退，後正值王當行，車已在門。支語王曰：「君未可去，貧道與君小語。」因論莊子逍遙遊，支作數千言，才藻新奇，花爛映發。王遂披襟解帶，流連不能語。
37	224	三乘佛家滯義，支道林分判，使三乘炳然。〔註12〕諸人在下坐聽，皆云可通。支下坐，自共說，正當得兩，入三便亂。今義弟子雖傳，猶不盡得。
38	225	許掾年少時，人以比王苟子，許大不平。時諸人士及於法師並在會稽西寺講，王亦在焉。許意甚忿，便往西寺與王論理，共決優劣。苦相責挫，王遂大屈。許復執王理，王執許理，更相復疏，王復屈。許謂支法師曰：「弟子向語何似？」支從容曰：「君語佳則佳矣，何至相苦耶？豈是求理中之談哉！」
39	226	林道人詣謝公，東陽時始總角，新病起，體未堪勞。與林公講論，遂至相苦。母王夫人在壁後聽之，再遣信令還，而太傅留之。王夫人因自出云：「新婦少遭家難，一生所寄，唯在此兒。」因流涕抱兒以歸，謝公語同坐曰：「家嫂辭情慷慨，致可傳述，恨不使朝士見。」
40	227	支道林、許掾諸人共在會稽王齋頭，支爲法師，許爲都講。〔註13〕支通一義，四坐莫不厭心。許送一難，眾人莫不抃舞，但共嗟詠二家之美，不辯其理之所在。

盈，豈忘蒸嘗於糗糧，絕觴爵於醪醴哉？苟非至足，豈所以逍遙乎？」
〔註10〕《支遁集》〈妙觀章〉：「夫色之性也，不自有色。色不自有，雖色而空。故曰色即爲空，色復異空。」
〔註11〕《維摩詰經》：「文殊師利問維摩詰云：『何者是菩薩入不二法門？』時維摩詰默然無言。文殊師利歎曰：『是眞入不二法門也。』」
〔註12〕《法華經》：「三乘者：一曰聲聞乘，二曰緣覺乘，三曰菩薩乘。聲聞者，悟四諦而得道也。緣覺者，悟因緣而得道也。菩薩者，行六度而得道也。」
〔註13〕《高逸沙門傳》：「道林時講維摩詰經。」
《高僧傳》卷四：「遁晚出山陰，講維摩經，遁爲法師，許詢爲都講。」

41	228	謝車騎在安西艱中，林道人往就語，將夕乃退。有人道上見者，問云：「公何處來？」答云：「今日與謝孝劇談一出來。」
42	228	支道林初從東出，住東安寺中。〔註14〕王長史宿構精理，並撰其才藻，往與支語，不大當對。王敘致作數百語，自謂是名理奇藻。支徐徐謂曰：「身與君別多年，君義言了未長進。」王大慚而退
43	228	殷中軍讀小品，下二百籤，皆是精微，世之幽滯。嘗欲與支道林辯之，竟不得。今《小品》猶存。
44	229	佛經以爲袪練神明，則聖人可致。〔註15〕簡文云：「不知便可登峰造極否？然陶練之功，尚不可誣。」
45	229	于法開始與支公爭名，後精漸歸支，意甚不忿，遂遁跡剡下。弟子出都，語使過會稽。于時支公正講《小品》。開戒弟子：「道林講，比汝至，當在某品中。」因示語攻難數十番，云：「舊此中不可復通。」弟子如言詣支公。正值講，因謹述開意。往反多時，林公遂屈，屬聲曰：「君何足復受人寄載！」〔註16〕
47	231	康僧淵〔註17〕初過江，未有知者，恆周旋市肆，乞索以自營。忽往殷淵源許，值盛有賓客，殷使坐，粗與寒溫，遂及義理。語言辭旨，曾無愧色。領略粗舉，一往參詣。由是知之。
50	233	殷中軍被廢東陽，始看佛經。初視《維摩詰》，疑「般若波羅蜜〔註18〕」太多，後見《小品》，恨此語少。

〔註14〕《高逸沙門傳》：「遁居會稽，晉哀帝欽其風味，遣中使至東迎之。遁遂辭丘壑，高步天邑。」

〔註15〕佛經上說：「一切眾生，皆有佛性。但能修智慧，斷煩惱，萬行具足，便成佛也。」

〔註16〕《高逸沙門傳》：「法開以義學著名，後與支遁有競，故遁居剡縣，更學醫術。」
《名德沙門題目》：「于法開才辯縱橫，以數術弘教。」

〔註17〕《高僧傳》卷四曰：「康僧淵本西域人，生於長安。貌雖梵人，語實中國。容止端正，志業弘深。晉成之世，與康法暢、支敏度等過江，淵雖德逾暢、度，而別以清約自處。常乞囤自資，人未之識。後因分衛之次，遇陳郡殷浩。浩始問佛經深遠之理，卻辯俗書性情之義。自晝至曛，浩不能屈，由是改觀。」

〔註18〕波羅密，此言到彼岸。

51	234	支道林、殷淵源俱在相王許。相王謂二人：「可試一交言，而才性殆是淵源崤、函之固，君其慎焉！」支初作，改轍遠之，數四交，不覺入其玄中。相王撫肩笑曰：「此自是其勝場，安可爭鋒！」
54	236	汰法師〔註19〕云：「六通、三明同歸，正異名耳」
55	237	支道林、許、謝盛德，共集王家。謝顧謂諸人：「今日可謂彥會，時既不可留，此固亦難常。當共言詠，以寫其懷。」許便問主人有莊子不？正得〈漁父〉一篇。謝看題，便各使四坐通。支道林先通，作七百許語，敘致精麗，才藻奇拔，眾咸稱善。於是四坐各言懷畢。謝問曰：「卿等盡不？」皆曰：「今日之言，少不自竭。」謝後粗難，因自敘其意，作萬餘語，才峰秀逸。既自難干，加意氣擬託，蕭然自得，四坐莫不厭心。支謂謝曰：「君一往奔詣，故復自佳耳。」
56	238	僧意在瓦官寺，王苟子來，與共語，便使其暢理。意謂王曰：「聖人有情不？」王曰：「無。」重問曰：「聖人如柱邪？」王曰：「如籌算，雖無情，運之者有情。」僧意曰：「誰運聖人邪？」苟子不得答而去。
59	240	殷中軍被廢，徙東陽，大讀佛經，皆精解。唯至「事數」〔註20〕處不解。遇見一道人，問所籤，便釋然。
61	240	殷荊州曾問遠公：「易以何爲體？」答曰：「易以惑爲體。」殷曰：「銅山西崩，靈鐘東應，便是易耶？」〔註21〕遠公笑而不答
64	242	提婆初至，爲東亭第講阿毘曇。〔註22〕始發講，坐裁半，

〔註19〕《高僧傳》卷五：「竺法汰東莞人，少與道安同學。雖才辯不逮，而姿過之。或有言：『汰是安公弟子』者，非也。」道安本隨師姓竺，後乃以釋爲氏，由是其弟子皆以釋爲姓。今竺法汰以竺爲姓，知是同門，非弟子也。

〔註20〕事數，指五陰、十二入、四諦、十二因緣、五根、五力、七覺支。

〔註21〕《漢書》〈東方朔傳〉：「孝武皇帝時，未央宮前殿鐘無故自鳴，三日三夜不止。詔問太史待詔王朔，朔言恐有兵氣。更問東方朔，朔曰：『臣聞銅者山之子，山者銅之母，以陰陽氣類言之，子母相感，山恐有崩弛者，故鐘先鳴。易曰：『鳴鶴在陰，其子和之。』精之至也，其應在後五日內。』居三日，南郡太守上書言山崩，延袤二十餘里。」

〔註22〕慧遠《阿毘曇敘》：「阿毘曇心者，三藏之要領，詠歌之微言。源流廣大，管綜眾經，領其宗會，故作者以心爲名焉。有出家開士字法勝，以阿毘曇源流廣大，辛難尋究，別撰斯部，凡二百五十偈，以爲要解，號之曰『心』。蕭賓沙門僧伽提婆，少玩斯文，因請令譯焉。」

		僧彌便云：「都已曉。」即於坐分數四有意道人，更就餘屋自講。提婆講竟，東亭問法岡道人曰：「弟子都未解，阿彌那得已解？所得云何？」曰：「大略全是，故當小未精覈耳。」
方正篇	**頁數**	**人 物 事 蹟**
45	323	後來年少多有道深公者。深公謂曰：「黃吻年少，勿爲評論宿士。昔嘗與元明二帝、王庾二公周旋。」〔註23〕
雅量篇	**頁數**	**人 物 事 蹟**
31	371	支道林還東，時賢並送於征虜亭。蔡子叔前至，坐近林公。謝萬石後來，坐小遠。蔡暫起，謝移就其處。蔡還，見謝在焉，因合褥舉謝擲地，自復坐。謝冠幘傾脫，乃徐起振衣就席，神意甚平，不覺瞋沮。坐定，謂蔡曰：「卿奇人，殆壞我面。」蔡答曰：「我本不爲卿面作計。」其後，二人俱不介意。
32	372	郗嘉賓欽崇釋道安德問，飷米千斛，修書累紙，意寄殷勤。道安答直云：「損米。」愈覺有待之爲煩。
賞譽篇	**頁數**	**人 物 事 蹟**
110	478	王、劉聽林公講，王語劉曰：「向高坐者，故是凶物」復東聽，王又曰：「自是鉢釪後王、何人也。」〔註24〕
136	487	林公云：「見司州警悟交至，使人不得住，亦終日忘疲。」
品藻篇	**頁數**	**人 物 事 蹟**
	528	支道林問孫興公：「君何如許掾？」孫曰：「高情雅致弟子早已服膺；一吟一詠，許將北面。」
54	535	王子敬問謝公：「林公何如庾公？」謝殊不受，答曰：「先輩初無論，庾公自足沒林公。」
76	539	王孝伯問謝太傅：「林公何如長史？」太傅曰：「長史詔興。」問：「何如劉尹？」謝曰：「噫！劉尹秀。」王曰：「若如公言，並不如此二人邪？」謝云：「身意正爾也。」

〔註23〕《高逸沙門傳》：「晉元、明二帝，游心玄虛，託情道味，以賓友禮待法師。王公、庾公傾心側席，好同臭味也。」

〔註24〕《高逸沙門傳》曰：「王濛恆尋逅，遇祇洹寺中講，正在高坐上，每舉塵尾，常領數百言，而情理俱暢，預坐百餘人，皆結舌注耳。濛云：『聽講眾僧，向高坐者，是鉢釪後王、何人也。』」此意即支道林善談名理，乃沙門中之王弼、何晏。

85	544	王孝伯問謝公：「林公何如右軍？」謝曰：「右軍勝林公，林公在司州前亦貴徹。」
傷逝篇	**頁數**	**人 物 事 蹟**
11	641	支道林喪法虔〔註25〕之後，精神霣喪，風味轉墜。常謂人曰：「昔匠石廢斤於郢人，〔註26〕牙生輟絃於鍾子，〔註27〕推己外求，良不虛也！冥契既逝，發言莫賞，中心蘊結，余其亡矣！」卻後一年支遂損。
13	643	戴公見林公墓，曰：「德音未遠，而拱木已積。冀神理綿綿，不與氣運俱盡耳！」
棲逸篇	**頁數**	**人 物 事 蹟**
11	659	康僧淵在豫章，去郭數十里，立精舍。旁連嶺，帶長川，芳林列於軒庭，清流激於庭宇。乃閒居研講，希心理味，庾公諸人多往看之。觀其運用吐納，風流轉佳。加已處之怡然，亦有以自得，聲名乃興。後不堪，遂出。
排調篇	**頁數**	**人 物 事 蹟**
21	799	康僧淵目深而鼻高，王丞相每調之。僧淵曰：「鼻者面之山，〔註28〕目者面之淵。山不高則不靈，淵不深則不清。」
22	799	何次道往瓦官寺禮拜甚勤。阮思曠語之曰：「卿志大宇宙，勇邁終古。」何曰：「卿今日何故忽見推？」阮曰：「我圖數千戶郡，尚不能得；卿迺圖作佛，不亦大乎！」
28	802	支道林因人就深公買印山，〔註29〕深公答曰：「未聞巢、由買山而隱。」
51	814	二郗奉道，二何奉佛，皆以財賄。謝中郎云：「二郗諂於道，二何佞於佛。」〔註30〕

〔註25〕〈支遁傳〉：「法虔，道林同學也。雋朗有理義，遁甚重之。」
〔註26〕《莊子》：「郢人堊漫其鼻端若蠅翼，使匠石運斤斲之，堊盡而鼻不傷，郢人立不失容。」
〔註27〕《韓詩外傳》：「伯牙鼓琴，鍾子期聽之。方鼓琴，志在太山，子期曰：『善哉乎鼓琴！巍巍乎若太山！』莫景之間，志在流水，子期曰：「善哉乎鼓琴！洋洋乎若流水！」鍾子期死，伯牙擗琴絕絃，終身不復鼓之，以爲在者無足爲之鼓琴也。」
〔註28〕《相書》：「鼻之所在爲天中，鼻有山象，故曰山。」
〔註29〕《高僧傳》卷四《竺道潛傳》：「支遁遣使求買仰山之側沃州小嶺，欲爲幽棲之處。潛答云：『欲來輒給，豈聞巢、由買山而隱。』」
〔註30〕《晉陽秋》：「何充性好佛道，崇修佛寺，供給沙門以百數。久在揚

輕詆篇	頁數	人 物 事 蹟
21	841	王中郎與林公絕不相得。王謂林公詭辯，林公道王曰：「箸膩顏帢，布單衣，挾左傳，逐鄭康成車後，問是何物塵垢囊？」
24	843	庾道季詫謝公曰：「裴郎云：『謝安謂裴郎乃可不惡，何得爲復飲酒？』裴郎又云：『謝安目支道林，如九方皋之相馬，略其玄黃，取其雋逸。』」謝公云：「都無此二語，裴自爲此辭耳！」庾意甚不以爲好，因陳東亭經酒壚下賦。讀畢，都不下賞裁，直云：「君乃復作裴氏學！」於此語林遂廢。今時有者，皆是先寫，無 復謝語。
25	845	王北中郎不爲林公所知，乃著論沙門不得爲高士論。大略云：「高士必在於縱心調暢，沙門雖云俗外，反更束於教，非情性自得之謂也。」
30	848	支道林入東見王子猷兄弟還人問：「見諸王何如？」答曰：「見一群白頸鳥，但聞喚啞啞聲。」
假譎篇	頁數	人 物 事 蹟
11	859	愍度道人始欲過江與一傖道人爲侶。〔註31〕謀曰：「用舊義在江東，恐不辦得食。」便共立「心無義」。既而此道人不成渡，愍度果講義積年。後有傖人來，先道人寄語云：「爲我致意愍度，無義那可立？治此計，權救饑爾，無爲遂負如來也！」〔註32〕

州，微役吏民，功賞萬計，是以爲逗遘所譏。充弟準，亦精勤，唯讀佛經，營治寺廟而已矣。」

〔註31〕 孫綽《愍度贊》曰：「支度彬彬，好是拔新。俱稟昭見，而能越人。世重秀異，咸競爾珍。孤桐澤陽，浮磬泗濱。」

〔註32〕 《高僧傳》卷四〈康僧淵傳〉：「晉成之世，與康法暢、支愍度等俱過江。愍度亦聰哲有譽，著《傳譯經錄》，今行於世。」

附錄三　六朝僧詩一覽表

一、本表格係參考
  1. 唐·道宣編《廣弘明集》，台灣中華書局。以下簡稱《廣》。
  2. 逯欽立輯《先秦漢魏晉南北朝詩》，木鐸出版社。以下簡稱《先》。
  3.《中國歷代僧詩全集》，北京當代中國出版社。以下簡稱《僧》。
二、本表格的編輯依照時代先後來編。
三、若遇有疑義之處則於表格附注部份作說明。
四、本表除了參考第一點所列書籍，亦參考《祖堂集》、《景德傳燈錄》、
  《古今禪藻集》、《高僧傳》、《續高僧傳》等書籍。

作　者	作　品	內　　　容	出　處
康僧淵	代答張君祖詩	眞樸運既判，萬象森已形。 精靈感冥會，變化靡不經。波浪生死徒， 彌綸始無名。捨本而逐末，悔吝生有情。 胡不絕可欲，反宗歸無生。達觀均有無， 蟬蛻豁朗明。逍遙眾妙淨，棲凝於玄冥。 大慈順變通，化育曷常停。幽閑自有所， 豈與菩薩并。摩詰風微指，權道多所成。 悠悠滿天下，孰識秋露情。	（廣）卷四十 （僧）1 （先）1075
	又答張君祖詩	遙望華陽嶺，紫霄籠三辰。瓊崖朗壁室， 玉潤灑靈津。丹谷挺樛樹，季穎奮暉薪。 融飆衝天籟，逸響互相因。鸞鳳翔迴儀， 虬龍灑飛鱗。中有沖漠士，耽道玩妙均。 高尚凝玄寂，萬物息自賓。棲峙遊方外， 超世絕風塵。翹想晞眇蹤，矯步尋若人。 咏嘯舍之去，榮麗何足珍。濯志八解淵， 遼朗豁冥神。研幾通微妙，遺覺忽忘身。 居士成有黨，顧粉非疇親。借問守常徒， 何以知反眞。	（廣）卷四十 （僧）3 （先）1076

佛圖澄	吟	殿乎殿乎，棘子成林，將壞人衣	《高僧傳》 （僧）4 （先）1076
支遁	四月八日讚佛詩	三春迭雲謝，首夏含朱明。祥祥令日泰，朗朗玄夕清。菩薩彩靈和，眇然因化生。四王應期來，矯掌承玉形。飛天鼓弱羅，騰擢散芝英。綠瀾瀆龍首，縹藥翳流涂。芙蕖育神葩，傾柯獻朝榮。芬津霑四境，甘露凝玉瓶。珍祥盈四八，玄黃曜紫庭。感降非情想，恬泊無所營。玄根泯靈府，神條秀形名。圓光朗東旦，金姿豔春精。含和總八音，吐納流芳馨。跡隨因溜浪，心與太虛冥。六度啓窮俗，八解濯世纓。慧澤融無外，空同忘化情。	（廣）卷三十九 （僧）5 （先）1077
	詠八日詩三首	大塊揮冥樞，昭昭兩儀映。萬品誕遊華，澄清凝玄聖。釋迦乘虛會，圓神秀機正。交養衛恬如，靈知溜性命。動為務下尸，寂為無中鏡。 眞人播神化，流淳良有因。龍潛兜術邑，漂景閴浮濱。佇駕三春謝，飛轡朱明旬。八維披重翳，九霄落芳津。玄祇獻萬舞，般遮奏伶倫。淳白凝神宇，蘭泉渙色身。投步三才泰，揚聲五道泯。不為故為貴，忘奇故奇神。 緬哉玄古思，想託因事生。想與圖靈器，像也像彼形。黃裳羅帕質，元服拖緋青。神為恭者惠，跡為動者行。虛堂陳藥餌，蔚然起奇榮。疑似垂戲微，我諒作者情。於焉遺所尚，蕭心擬太清。	（廣）卷三十九 （僧）6 （先）1078
	五月長齋詩	炎精育仲氣，朱離吐礙陽。廣漢潛涼變，凱風乘和翔。令月肇清齋，德澤潤無疆。四部欽嘉期，潔己升雲堂。靜晏和春暉，夕惕厲秋霜。蕭條詠林澤，恬愉味城傍。逸容研沖賾，綵綵運宮商。匠者握神標，乘風吹玄芳。淵汪道行深，婉婉化理長。疊疊維摩虛，德音暢遊方。罩牢妙傾玄，統致由近藏。略略微容簡，八言振道綱。掇煩練陳句，臨危折婉章。浩若驚飆散，岡若揮夜光。寓言豈所託，意得筌自喪。霑濡妙習融，靡靡輕塵亡。蕭索情牖頹，寥郎神軒張。誰謂冥津遠，一悟可以航。願為海遊師，櫂柂入滄浪。騰波濟漂客，玄歸會道場。	（廣）卷三十九 （僧）7 （先）1078

	八關齋詩三首	建意營法齋，里仁契朋儔。相與期良晨，沐浴造閑丘。穆穆升堂賢，皎皎清心修。窈窕八關客，無棣自綢繆。寂默五習眞，疊疊勵心柔。法鼓進三勸，激切清訓流。悽愴願宏濟，瞰堂皆同舟。明明玄表聖，應此同蒙求。存誠夾室裏，三界讚清修。嘉祥歸宰相，藹若慶雲浮。 三悔啓前朝，雙懺暨中夕。鳴禽戒朗旦，備禮寢玄役。蕭索庭賓離，飄颻隨風適。踟躕岐路隅，揮手謝內析。輕軒馳中田，習習陵電擊。息心投佯步，零零振金策。引領望征人，悢悢孤思積。咄矣形非我，外物固已寂。吟咏歸虛房，守眞玩幽賾。雖非一往遊，且以閑自釋。 靖一潛蓬廬，愔愔詠初九。廣漠排林篠，流飆灑隙牖。從容遐想逸，採藥登崇阜。崎嶇升千尋，蕭條臨萬畝。望山樂榮松，瞻澤哀素柳。解帶長陵岥，婆娑清川右。冷風解煩懷，寒泉灌溫手。寥寥神氣暢，欽若盤春藪。達度冥三才，恍惚喪神偶。遊觀同隱丘，愧無連化肘。	（廣）卷三十九 （僧）8 （先）1079
	詠懷詩五首	傲兀乘尸素，日往復月旋。弱喪困風波，流浪逐物遷。中路高韻益，窈窕欽重玄。重玄在何許，採眞遊理間。苟簡爲我養，逍遙使我閑。寥亮心神瑩，含虛映自然。疊疊沉情去，彩彩沖懷鮮。踟躕觀象物，未始見牛全。毛鱗有所貴，所貴在忘筌。 端坐鄰孤影，眇罔玄思劬。偓蹇收神轡，領略綜名書。涉老咍雙玄，披莊玩太初。詠發清風集，觸思皆恬愉。俯欣質文蔚，仰悲二匠徂。蕭蕭柱下迴，寂寂蒙邑虛。廓矣千載事，消液歸空無。無矣復何傷，萬殊歸一塗。道會貴冥想，罔想撥玄珠。悢怏濁水際，幾忘量清渫。反鑒歸澄漠，容與含道符。心與理理密，形與物物疏。蕭索人事去，獨與神明居。 晞陽熙春圃，悠緬嘆時往。感物思所託，蕭條逸韻上。尚想天台峻，仿佛巖階仰。冷風灑蘭林，管瀨奏清響。霄崖育靈藹，神蔬含潤長。丹沙映翠瀨，芳芝曜五爽。苕茄重岫深，寥寥石室朗。中有尋化士，外身解世網。抱朴鎮有心，揮玄拂無想。隗隗形崖頹，罔罔神宇敞。宛轉元造化，	（廣）卷三十九 （僧）10 （先）1080

		縹瞥鄰大象。願投若人蹤，高步振策杖。	
		閑邪託靜室，寂寥虛且眞。逸想流巖阿，朦朧望幽人。慨矣玄風濟，皎皎離染純。時無問道睡，行歌將何因。靈溪無驚浪，四岳無埃塵。余將遊其嵋，解駕輟飛輪。芳泉代甘醴，山果兼時珍。修林暢輕跡，石宇庇微身。崇虛瞀本照，損無歸昔神。曖曖煩情故，零零沖氣新。近非域中客，遠非世外臣。淡泊爲無爲，孤哉自有鄰。	
		坤基葩簡秀，乾光流易穎。神理速不疾，道會無陵騁。超超介石人，握玄攬機領。余生一何散，分不諮天挺。沉無冥到韻，變不揚蔚炳。冉冉年往遼，悠悠化期永。翹首希玄津，想登故未正。生途雖十三，日已造死境。願得無身道，高栖沖默靖。	
述懷詩二首		翔鸞鳴崑嶠，逸志騰冥虛。惚悅迴靈翰，息肩棲南嵋。濯足戲流瀾，採練銜神蔬。高吟漱芳醴，頡頏登神梧。蕭蕭畸明翩，眇眇育清軀。長想玄運夷，傾首俟靈符。河清誠可期，翼令人劬。	（廣）卷三十九（僧）13（先）1082
		總角敦大道，弱冠弄雙玄。遙巡釋長羅，高步尋帝先。妙損階玄老，忘懷浪濠川。達觀無不可，炊累階自然。窮理增靈薪，昭昭神火傳。熙怡安沖漠，優遊樂靜閑。膏腴無爽味，婉變非雅絃。恢心委形度，疊疊隨化遷。	
詠大德詩		遐想存玄哉，沖風一何敞。品物緝榮熙，生途連惚悅。既喪大澄眞，物誘則智蕩。昔聞庖丁子，揮戈在神往。苟能嗣沖音，攝生猶指掌。乘彼來物間，投此默昭朗。邁度推卷舒，忘懷附罔象。交樂盈胸襟，神會流俯仰。大同羅萬殊，蔚若充甸網。寄旅海漚鄉，委化同天壤。	（廣）卷三十九（僧）14（先）1082
詠禪思道人詩		雲岑竦太荒，落落英岊布。迴壑佇蘭泉，秀嶺攢嘉樹。蔚薈微遊禽，崢嶸絕蹊路。中有沖希子，端坐摹太素。自強敏天行，弱志慾無欲。玉質陵風霜，凄凄厲清趣。指心契寒松，綢繆諒歲暮。會衷兩息間，攝二由神遇。承蜩累危丸，累十亦凝注。懸想元氣地，研幾革粗慮。冥懷夷震驚，怕然肆幽度。曾筌攀六淨，空同浪七住。逝虛乘有來，永爲有待馭。	（廣）卷三十九（僧）15（先）1083

	詠利城山居	五嶽盤神基，四瀆湧蕩津。動求目方智，默守標靜仁。苟不宴出處，託好有常因。尋元存終古，洞往想逸民。玉潔箕巖下，金聲瀨沂濱。捲華藏紛霧，振褐拂埃塵。跡從尺蠖屈，道與騰龍伸。峻無單豹伐，分非首陽眞。長嘯歸林嶺，瀟灑任陶鈞。	（廣）卷三十九 （僧）16 （先）1083
釋道安	答習鑿齒嘲	猛虎當道食，不覺蚊虻來。	（僧）17 （先）1084
	無機	隨起隨住慣，隨雲越萬山。此身無掛礙，無機自往返。看雲爱無機，涉水歡潺湲。未拋塵世愁，斷簡排憂患。	《歷代》317
鳩摩羅什	十喻詩	十喻以喻空，空必待此喻。借言以會意，意盡無會處。既得出長羅，住此無所住。若能映斯昌，萬象無來去。	（僧）21 （先）1084
僧肇	口偈	上方猶彼岸，法矩即慈航。面壁心長醒，傳衣道益彰。	《歷代》316
釋慧遠	廬山東林雜詩	崇岩吐清氣，幽岫棲神跡。希聲奏群籟，響出山溜滴。有客獨冥遊，徑然忘所適。揮手撫雲門，靈關安足闢。流心叩玄扃，感至理弗隔。孰是騰九霄，不奮沖天翮。妙同趣自均，一悟超三益。	（先）1085
	五言奉和劉隱士遺民	理神固超絕，涉粗罕不群。孰至銷烟外，曉然與物分。冥冥玄谷裏，響集自可聞。交峰無曠秀，交嶺有通雲。悟深婉沖思，在要開冥欣。中巖擁激興，臨岫想幽聞。弱明友歸鑒，暴懷博靈薰。永陶津玄匠，落照侔虛昕。	（僧）15
	五言奉和王臨賀喬之	超遊罕神遇，妙善自玄同。徹彼虛明域，暖茲塵有封。眾阜平寥廓，一岫獨陵空。霄景憑巖落，清氣與時雍。有摽造神極，有客越其峰。長河灌茂楚，陰雨列秋松。危步臨絕冥，靈壑映萬重。風泉調遠氣，遙響多喈嗈。遐麗既悠然，餘眇覿九江。事屬天人界，常聞清吹空。	（僧）20
	五言奉和張常侍野	觀嶺混太象，望崖莫由險。 器遠蘊其天，超步不階漸。 揭來越重垠，一舉拔塵染。 遼朗中天粉，向豁遄瞻懗。 乘此攄瑩心，可以忘遺玷。 曠風被幽宅，妖途故死減。	（僧）20
	行腳	麋療窺淺者，黽龜仰蒼穹。年年何鉢袋，行腳大汕東。履草隨晨色，披雲立晚風。眾坐長愕愕，靡見即空空。	《歷代》320

廬山諸道人	遊石門詩	超興非有本，理感興自生。 忽聞石門遊，奇唱發幽情。 褰裳思雲駕，望崖想曾城。 馳步乘長岩，不覺質有輕。 矯首登靈闕，眇若凌太清。 端坐運虛輪，轉彼玄中經。 神仙同物化，未若兩俱冥。	（僧）22 （先）1085
廬山諸沙彌	觀化決疑詩	謀始創大業，問道叩玄篇。 妙唱發幽蒙，觀化悟自然。 觀化化已及，尋化無間然。 生皆由化化，化化更相纏。 宛轉隨化流，漂浪入化淵。 五道化爲海，孰爲知化仙。 萬化同歸盡，離化化乃玄。 悲哉化中客，焉識化表年。	（僧）24 （先）1087
史宗	詠懷詩	有欲苦不足，無欲亦無憂。 未若清虛者，帶索披玄裘。 浮遊一世間，泛若不繫舟。 方當畢塵累，栖志老山丘。	《高僧傳史宗傳》 （僧）25 （先）1087
帛道猷	陵峰採藥觸興爲詩	連峰數千里，修林帶平津。 雲過遠山翳，風至梗荒榛。 茅茨隱不見，雞鳴知有人。 閑步踐其徑，處處見遺薪。 始知百代下，故有上皇民。	《高僧傳道壹傳》 （僧）25 （先）1088
竺僧度	答苕華詩	機運無停住，倐忽歲時過。 巨石會當竭，芥子豈云多。 良由不去息，故令川上嗟。 不聞榮啓期，皓首發清歌。 布衣可暖身，誰論飾綾羅。今世雖云樂， 當奈後生何。罪福良由己，寧云己恤他。	《高僧傳竺僧度傳》 （僧）26 （先）1088
楊苕華	贈竺僧度詩	大道自無窮，天地長且久。巨石故巨消， 芥子亦難數。人生一間，飄若風過牖。 榮華豈不茂，日夕就彫朽。 川上有餘吟，日斜思鼓缶。 清音可娛耳，滋味可適口。羅紈可飾軀， 華冠可耀首。安事自剪削，耽空以害有。 不道妾區區，但令君恤後。	《高僧傳竺僧度詩》 （先）1089
僧叡	佛境	佛境淨無埃，如如坐妙悟。菩提花正開， 覆蔭成清趣。去去速歸來，一誠化百災。 心存阿彌陀，萬般全免懼。	《歷代》319
慧永	鈔經	緯索連番斷，經文日夕鈔。從頭尋妙諦， 不是演坤爻。	《歷代》319

	坐月	高山飛瀑沫，野寺少燃鐙。坐對玲瓏月，不時心似冰。	《歷代》319
僧肇	滄桑	鵬摶不識遠，蟪屈不知年。若共逍遙去，滄桑亦迴然。	《歷代》318
	過長安	老衲飽風雲，隨人看夕陽。長安文物舊，總覺太淒涼。	《歷代》318
妙音	雁燕	往日空中雁，今時梁上燕。揭來各一方，徒勞察機變。	《歷代》317
	風水	長風拂秋月，止水共高潔。八到淨如如，何容業縈結。	《歷代》318
竺法崇	詠詩	皓然之氣，猶在心目。 山林之士，往而不反。	《高僧傳竺法崇傳》 （僧）27 （先）1090
竺曇林	爲桓玄作民謠詩二首	當有十一口，當爲兵所傷。木亙當北度，走入浩浩鄉。 金刀既已刻，娓娓金城中。	（僧）28 （先）1090
無名釋（晉）	淨土詠	金繩界寶地，珍木蔭瑤池。雲間妙音奏，天際法蠡吹。	（僧）28
寶月	行路難	君不見孤雁關外發，酸嘶度揚越。 空城客子心腸斷，幽閨思婦氣欲絕。 凝霜夜下拂羅衣，浮雲中斷開明月。 夜夜遙遙徒相思，年年望望情不歇。 寄我匣中青銅鏡，倩人爲君除白髮。 行路難，行路難。夜聞南城漢使度，使我流淚憶長安。	（僧）29 《玉臺新詠》卷九
	估客樂	郎作十里行，儂作九里送。拔儂頭上釵，與郎資路用。有信數寄書，無信心相憶。莫作瓶落井，一去無消息。	（僧）29 《樂府詩集》卷四十八
	又二首	大艑珂峨頭，何處發揚州。借問艑上郎，見儂所歡不？ 初發揚州時，船出平津舶。五兩如竹林，何處相尋博。	（僧）30 《樂府詩集》卷四十八
寶誌	讖詩五首	樂哉三十餘，悲哉五十裏。但看八十三，子地妖災起。佞臣作欺妄，賊臣滅君子。若不信吾語，龍時侯賊起。且至馬中間，銜悲不見喜。 昔年三十八，今年八十三。四中復有四，城北火酣酣。	《南史》 （僧）31 （先）2188

		掘尾狗子自發狂，當死未死醫人傷。 須臾之間自滅亡，起自汝陰死三湘。 大竹箭，不需羽。 東箱屋，急手作。 太歲龍，將無理。 蕭經霜，草應死。 餘人散，十八子。	
	大乘讚十首	大道常在目前，雖在目前難睹。 若欲悟道眞體，莫除色聲言語。 言語即是大道，不假斷除煩惱。 煩惱本來空寂，妄情遞相纏繞。 一切如影如響，不知何惡何好。 有心取相爲實，定知見性不了。 若欲作業求佛，業是生死大兆。 生死業常隨身，黑闇獄中未曉。 悟理本來無異，覺後誰晚誰早。 法界量同太虛，眾生智心自小。 但能不起吾我，涅槃法食常飽。 妄身臨鏡照影，影與妄身不殊。 但欲去影留身，不知身本同虛。 身本與影不異，不得一有一無。 若欲存一捨一，永與眞理相疎。 更若愛聖憎凡，生死海裏沉浮。 煩惱因時對有故，無心煩惱何居？ 不勞分別取相，自然得道須臾。 夢時夢中造作，覺時覺境都無。 翻思覺時與夢，顛倒二見不殊。 改迷取覺求利，何異販賣商徒？ 動靜兩亡常寂，自然契合眞如。 若言眾生異佛，迢迢與佛常疎。 佛與眾生不二，自然究竟無餘。 法性本來常寂，蕩蕩無有邊畔。 安心取舍之閒，被他二境迴換。 歛容入定坐禪，攝境安心覺觀。 機關本人修道，何時得達彼岸。 諸法本空無著，境似浮雲會散。 忽悟本性元空，恰似熱病得汗。 無智人前莫說，打你色身星散。	（僧）32

報你眾生直道，非有即是非無。
非有非無不二，何須對有論虛？
有無妄心立號，一破一個不居。
兩名由爾情作，無情即本真如。
若欲存情覓佛，將網山上羅魚。
徒費功夫無益，幾許枉用功夫。
不解即心即佛，真似騎驢見驢。
一切不憎不愛，遮個煩惱須除。
除之則須除身，除身無佛無因，
無佛無因可得，自然無法無人。

大道不由行得，說行權為凡愚。
得理返觀於行，始知枉用功夫。
未悟圓通大理，要須言行相扶。
不得執他知解，迴光返本全無。
有誰解會此說，教君向己推求，
自見昔時罪過，除卻五欲瘡疣。
解脫逍遙自在，隨方賤賣風流。
誰是發心買者，亦得似我無憂。

內見外見總惡，佛道魔道俱錯。
被此二大波旬，便即厭苦求樂。
生死悟本體空，佛魔何處安著？
只由妄情分別，前身後身孤薄。
輪迴六道不停，結業不能除卻。
所以流浪生死，皆由橫生經略。
身本虛無不實，返本是誰勘酌？
有無我自能為，不勞妄心卜度。
眾生身同太虛，煩惱何處安著？
但無一切希求，煩惱自然消落。

可笑眾生蠢蠢，各執一般異見。
但欲傍鑿求餅，不解返本觀麵。
麵是正邪正本，由人造作百變。
所須任意縱橫，不假偏耽愛戀。
無著即是解脫，有求又遭羅罥。
慈心一切平等，真如菩提自現。
若懷彼我二心，對面不見佛面。

世間幾許癡人，將道復欲求道。
廣尋諸義紛順，自救己身不了。
專尋他文亂說，自稱至理妙好。

| | | 徒勞一生虛過，永劫沉淪生老。
濁愛纏心不捨，清淨智心自惱。
眞如法界叢林，返作荊棘荒草。
但執黃葉爲金，不悟棄金求寶。
所以失念狂走，強力裝持相好。
口內誦經誦論，心裏尋常枯槁。
一朝覺本心空，具足眞如不少。

聲聞心心斷惑，能斷之心是賊。
賊賊遞相除遣，何時了本語默。
口內誦經千卷，體上問經不識。
不解佛法圓通，徒勞尋行數黑。
頭陀阿練苦行，希望後身功德。
希望即是隔聖，大道何由可得？
譬如夢裏度河，船師度過河北。
忽覺床上安眠，失卻度船軌則。
船師及彼度人，兩個本不相識。
眾生迷倒羈絆，往來三界疲極。
覺悟生死如夢，一切求心自息。

悟解即是菩提，了本無有階梯。
堪嘆凡夫傴僂，八十不能跋蹄。
徒勞一生虛過，不覺日月遷移。
向上看他師口，恰似失奶孩兒。
道俗爭嶸聚集，終日聽他死語。
不觀己身無常，心行貪如狼虎。
堪嗟二乘狹劣，要須摧伏六府。
不食酒肉五辛，邪眼看他飲咀。
更有邪行猖狂，修氣不食鹽醋。
若悟上乘至眞，不假分別男女。 | |
| | 十二時頌 | 平日寅，狂機內有道人身。
窮苦已經無量劫，不信常擎如意珍。
若捉物，入迷津，但有纖毫即是塵。不住舊時無相貌，外求知識也非眞。
日出卯，用處不須生善巧。
縱使神光照有無，起意便遭魔事撓。
若施工，終不了，日夜被他人我拗不用
安排只麼從，何曾心地生煩惱？

食時辰，無明本是釋迦身。
坐臥不知元是道，只麼忙忙受苦辛。
認聲色，覓疎親，只是他家染污人若擬 | （僧）34 |

將心求佛道，問取虛空始出塵。
禺中已，未了之人教不至。
假使通達祖師言，莫向心頭安了義。
只守玄，沒文字，認著依前還不是暫時
自肯不追尋，曠劫不遭魔境使。

日南午，四大身中無價寶。
陽焰空華不肯拋，作意修行轉辛苦。
不曾迷，莫求悟，任你朝陽幾迴募有相
身中無相身，無明路上無生路。

日昳未，心地何曾安了義？
他家文字沒親疏，莫起功夫求的意。
任縱橫，絕忌卻，長在人間不居止運用
不離聲色中，歷劫何曾暫拋棄。

晡時中，學道先須不厭貧。
有相本來權積聚，無形何用要安眞。
作淨絜，卻勞神，莫認愚癡作近鄰言下
不求無處所，暫時喚作出家人。

日入西，虛幻聲音終不久。
禪悅珍羞尚不飡，誰能更飲無明酒。
沒可拋，無物守，蕩蕩逍遙不曾有縱你
多聞達古今，也是癡狂外邊走。

黃昏戌，狂子興功投暗室。
假使心通無量時，歷劫何曾異今日。
擬商量，卻啾唧，轉使心頭黑如漆晝夜
舒光照有無，癡人喚作波羅蜜。

人定亥，勇猛精進成懈怠。
不起纖豪修學心，無相光中常自在。
超釋迦，越祖代，心有微塵還室閡廓然
無事頓清閑，他家自有通人愛。

夜半子，心住無生即生死。
純死何曾屬有無，用時便用沒文字。
祖師言，外邊事，識取起時還不是作意
搜求實沒蹤，生死魔來任相試。

雞鳴丑，一顆圓珠明已久。
內外推尋覓惚無，境上施爲渾大有。
不見頭，又無手，世界壞時終不朽未了
之人聽一言，只遮如今誰動口。

十四科頌 菩提煩惱不二	眾生不解修道，便欲斷除煩惱。 煩惱本來空寂，將道更欲覓道。 一念之心即是，何須別處尋討。 大道曉在目前，迷倒愚人不了。 佛性天眞自然，亦無因緣修造。 不識三毒虛假，妄執浮沉生老。 昔時迷日爲晚，今日始覺非早。	（僧）36	
持犯不二	丈夫運用無礙，不爲戒律所制。 持犯本自無生，愚人被他禁繫。 智者造作皆空，聲聞觸途爲滯。 大士肉眼圓通，二乘天眼有翳。 空中妄執有無，不達色心無礙。 菩薩與俗同居，清淨曾無染世。 愚人貪著涅槃，智者生死實際。 法性空無言說，緣起略無些子。 百歲無知小兒，小兒有智百歲。		
佛與眾生不二	眾生與佛無殊，大智不異於愚。 何須向外求寶，身田自有明珠。 正道邪道不二，了知凡聖同途。 迷悟本無差別，涅槃生死一如。 究竟攀緣空寂，惟求意想清虛。 無有一法可得，翛然自入無餘。		
事理不二	心王自在翛然，法性本無十纏。 一切無非佛事，何須攝念坐禪。 妄想本來空寂，不用斷除攀緣。 智者無心可得，自然無爭無喧。 不識無爲大道，何時得證幽玄。 佛與眾生一種，眾生即是世尊。 凡夫妄生分別，無中執有迷奔。 了達貪嗔空寂，何處不是眞門？		
靜亂不二	聲聞厭喧求靜，猶如棄麵求餅。 餅即從來是麵，造作隨人百變。 煩惱即是菩提，無心即是無境。 生死不異涅槃，貪嗔如焰如影。 智者無心求佛，愚人執邪執正。 徒勞空過一生，不見如來妙頂。 了達淫慾性空，鑊湯爐炭自冷。		

善惡不二	我自身心快樂，脩然無善無惡。 法身自在無方，觸目無非正覺。 六塵本來空寂，凡夫妄生執著。 涅槃生死太平，四海阿誰厚薄？ 無爲大道自然，不用將心畫度。 菩薩散誕靈通，所作常含妙覺。 聲聞執法坐禪，如蠶吐絲自縛。 法性本來圓明，病愈何須執藥。 了知諸法平等，脩然清虛快樂。	
色空不二	法性本無青黃，眾生謾造文章。 吾我說他止觀，自意擾擾顚狂。 不識圓通妙理，何時得會眞常？ 自疾不能治療，卻教他人藥方。 外看將爲是善，心內猶若豺狼。 愚人畏其地獄，智者不異天堂。 對境心常不起，舉足皆是道場。 佛與眾生不二，眾生自作分張。 若欲除卻三毒，迢迢不離災映。 智者知心是佛，愚人樂往西方。	
生死不二	世間諸法如幻，生死猶若雷電。 法身自在圓通，出入山河無間。 顚倒妄想本空，般若無迷無亂。 三毒本自解脫，何須攝念禪觀。 只爲愚人不了，從地戒律決斷。 不識寂滅眞如，何時得登彼岸。 智者無惡可斷，運用隨心合散。 法性本來空寂，不爲生死所絆。 若欲斷除煩惱，此是無明癡漢。 煩惱即是菩提，何用別求禪觀？ 實際無佛無魔，心體無形無段。	
斷除不二	丈夫運用堂堂，逍遙自在無妨。 一切不能爲害，堅固猶若金剛。 不著二邊中道，脩然非斷非常。 五欲貪嗔是佛，地獄不異天堂。 愚人妄生分別，流浪生死猖狂。 智者達色無礙，聲聞無不恓惶。 法性本無瑕翳，眾生妄執青黃。 如來引接迷愚，或說地獄天堂。 彌勒身中自有，何須別處思量。 棄卻眞如佛像，此人即是顚狂。 聲聞心中不了，唯只趁逐言章。 言章本非眞道，轉加鬪爭剛強。 心裏蚖蛇蝮蠍，螫著便即遭傷。	

		不解文中取義，何時得會眞常？ 死人無間地獄，神識枉受滅映。	
	眞俗不二	法師說法極好，心中不離煩惱。 口談文字化他，轉更增他生老。 眞妄本來不二，凡夫棄妄覓道。 四眾雲集聽講，高座論義浩浩。 南座北座相爭，四眾爲言爲好。 雖然口談甘露，心裏尋常枯燥。 自己元無一錢，日夜數他珍寶。 恰似無智愚人，棄卻眞金擔草。 心中三毒不舍，未審何時得道。	
	解縛不二	律師持律自縛，自縛亦能縛他。 外作威儀恬靜，心中恰似洪波。 不駕生死船筏，如何度得愛河？ 不解眞宗正理，邪見言辭繁多。 有二比丘犯律，便卻往問優波。 優波依律說罪，轉增比丘網羅。 方丈室中居士，維摩便即來呵。 優波默然無對，淨名說法無過。 而彼戒性如空，不在內外娑婆。 勸除生滅不肯，忽悟還同釋迦。	
	境照不二	禪師體離無明，煩惱從何處生？ 地獄天堂一相，涅槃生死空名。 亦無貪嗔可斷，亦無佛道可成。 眾生與佛平等，自然聖智惺惺。 不爲六塵所染，句句獨契無生。 正覺一念玄解，三世坦然皆平。 非法非律自制，翛然眞入圓成。 絕此四句百非，如空無作無依。	
	運用無礙	我今滔滔自在，不羨公王卿宰。 四時猶若金剛，昔樂今常不改。 法寶喻於須彌，智慧廣於江海。 不爲八風所牽，亦無精進懈怠。 任性浮沉若顛，散誕縱橫自在。 遮莫刀劍臨頭，我自安然不采。 迷時以空爲色，悟即以色爲空。 迷時本無差別，色空究竟還同。 愚人喚南作北，智者達無西東。 欲覓如來妙理，常在一念之中。 陽焰本非其水，渴鹿迡趁忽忽。 自身虛假不實，將空更欲覓空。 世人迷倒至甚，如犬吠雷吽吽	

	偈	頓悟心源開寶藏，隱現靈蹤現眞相。 獨行獨坐常巍巍，百億化身無數量。 縱令感塞滿虛空，看時不見微塵相。 可笑物空無比況，口吐明珠光晃晃。 尋常見說不思議，一語標宗言下當。	（僧）40
	預言	五馬從南來，燕趙起三災。 □□勤修善，得見化城開。 兔子亂三州，萬惡自然收。 東弱西強阿誰愁，欲得世燕南頭 疑缺一字 武安川裏白雞鳴，百姓遼亂心不寧。 四月八日起鬼兵，冀州城東起長城。 爾來君士面奄青，五月十日滅你名。 冀州城頭君子遊，折尾苟子亂中州， 欲得避世黃河頭。 今年天下是亂世，但勤修善自防身。 得安樂，無憂愁，不肯看經心羅錯天下 遼亂眞可留，若得盡門斬賊頭。 四月八日遊，鬪雞臺上樗蒲盧。 正見笑，兵不輸，阻雊正見喚兵人人死 室粟麥無□□犢合河北脫卻角白血五之 間遼亂推搭，聖人之間天運迎。 禿人今日已定，不須卜於長安。 天坐住汝男津，百官大會千斤朒 一斗穀夜餉，一疋絹二丈，丁車大牛西 南上。 若不信吾語，看先鳥東飛，雉北走，空 虛匡上見豬狗。 □□□□□□□日光無，月無影，星 辰遼亂入下缺	（僧）40
慧約	吊范貴	我有數行淚，不落十餘年。 今日爲君盡，併灑秋風前。	（僧）41 （古今禪藻集）
智藏	奉和武帝三教 詩	心源本無二，學理共歸眞。 四執迷叢藥，六味增苦辛。 資源良雜品，習性不同循。 至覺隨物化，一道開異津。 大士流權濟，訓義乃星陳。 周孔尚忠孝，立行肇君親。 老氏貴裁欲，存生由外身。	（先）2189 （廣）卷四十 （僧）42

		出言千里善，芬爲窮世珍。 理空非即有，三明似未臻。 近識封歧路，分鑣疑異塵。 安知悟雲漸，究極本同倫。 我皇體斯會，妙鑒出機神。 眷言總歸轡，迴照引生民。 顧維慚宿植，邂逅逢嘉辰。 願陪入明解，歲暮有攸因。	
慧令	和受戒詩	沈寥秋氣爽，搖落寒林疏。 風散飛廉雀，浪動昆明魚。 是日何爲盛，證戒奉皇儲。 願陪升自在，神通任卷舒。	（先）2190 （僧）43
法雲	三洲歌	三洲斷江口，水從窈窕河傍流。歡將樂 共來，長相思。	（先）2191 （僧）44
僧正惠偘	詠獨杵擣衣詩	非是無人助，意欲自鳴砧。照月斂孤影， 乘風送迴音。言擣雙絲練，似奏一統琴。 令君聞獨杵，知妾有專心。	（先）2191 （僧）50
	聞侯方兒來寇	羊皮贖去士，馬革斂還尸。天下方無事， 孝廉非哭時。	（先）2191 （僧）51
惠慕道士	犯虜將逃作詩	客子倦艱辛，夜出小平津。 馬色迷關史，雞鳴起戍人。 露鮮花斂影，月照寶刀新。 問我將何去，北海就孫賓。	（僧）50
慧琳	五老峰	寂然蹲五老，霧雨四時濃。難得因緣好， 容瞻一二峰。	《歷代》314
	念鳶山隱者	爲趁道人隱，十年入壑深。雲封林蔽處， 相失至於今。	《歷代》314
惠休	述志	有意絕狂癡，無書供展讀。虔焚一炷香， 焉得求多福。	《歷代》313
弘充	山中思酒	山中思酒日，絕少怨啼鶯。爲有濃茶郁， 宜耽泉水清。	《歷代》313
	天涯海涯	白首一架裟，天涯又海涯。風霜銅缽裏， 輒幻妙蓮花。	《歷代》313
淨曜	普賢寺即事	奇峰聳霄，閑雲放恣。遠岸堆青 環山蓄翠。斫鳥高飛，虺蛇蜷睡 潤水漂沙，岷花挺穗。各擅其心 胡可歸類。各應其時，焉堪造次 冷靜迴觀，在求如意。磬響提神 檀煙蘊粹。勃然得悟，慧力何匱 風動江天，月明我寺。	《歷代》312

僧裕	無題二首	萬物皆以時，能安理亦適。春花或秋月，千古不留跡。 因明菩薩乘，無傷挈瓶智。誰識達摩心，面壁以持志。	《歷代》311
智藏	題興皇塔院壁	塔院向東南，揮雲延竹色。明堦轉路歧，小徑沿山側。倦獸喜相安，飛禽勞自得。禪房不掩門，靜趣通幽域。	《歷代》311
淨秀	勸客	貝葉香氣郁，青鐙助眼歕。是非雙種事，善惡一番心。多撫蓮花座，勤聆玉磬音。形骸罹老病，幸勿誤規箴。	《歷代》310
僧旻	如來贊	青山初度青，白髮本非白。逆水打頭風，浮雲過眼客。榮名一時譽，智慧三界益。合十贊如來，四諦唯順適。	《歷代》310
曇暉	生涯紀趣	禮佛焚香早，鈔經梳洗遲。蒲團因坐慣，冷煖漸無知；	《歷代》307
智顗	有所懷	莽莽中原草，悠悠去岫雲。千金輕一別，百計重論文。易地心如我，多愁我似君。今宵山月白，獨雁怯先聞。	《歷代》309
慧次	抒感二偈	珪璧幾人玩，浮雲堪豁懷。爭端猶抑志，風物壯形骸。 難圓名利夢，亟亟著袈裟。得遂真如願，出家猶在家。	《歷代》309
智永	勸世歌	捫心先自問，勿歎人情惡。利鎖靭而堅，名韁脆不弱。慈航度眾生，法矩恢群樂。若望世風平，勤填貪欲壑。	《歷代》308
洪偃	時雨	柳密疑無路，風迎入水村。鷗鳧穿梭戲，時雨慰元元。	《歷代》307
	入朝暾村	背日趁人行，行行無犬聲。人居山畔屋，山色映川明。	《歷代》308
慧愷	老眼	塵緣欣盡脫，老眼尚看花。猿鹿嬉戲地，咫尺是吾家。	《歷代》307
	胸臆	煙霞結伴久，胸臆日昂藏。願與山偕老，甯任松獨蒼。	《歷代》307
菩提達摩	讖（二十四首）	路行跨水復逢羊，獨自恓恓暗渡江。日下可憐隻象馬，兩株嫩桂久昌昌。 心中雖吉外頭凶，川下僧房名不中。為遇毒龍生武子，忽逢小鼠寂無窮。 路上忽逢深處水，等閑見虎又逢豬。小小牛兒雖有角，清溪龍出總須輸。	（僧）44

震旦雖闊無別路，要假姪孫腳下行。
金雞解銜一顆米，供養十方羅漢僧。

鄭勝今藏古，無肱亦有肱。
龍來方授寶，捧物復嫌名。

初首不稱名，風狂又有聲。
人來不喜見，白寶初平平。

起自求無礙，師傳我沒繩。
路上逢僧禮，腳下六枝分。

三四全無我，隔水受心燈。
尊號過諸量，逢嗔不起憎。

捧物何曾捧，言慇又不慇。
唯書四句偈，將對瑞田人。

心裏能藏事，說向漢江濱。
湖波探水月，將照二三人。

領得彌勒語，離鄉日日敷。
移梁來近路，余算腳天徒。

艮地生玄旨，通尊媚亦尊。
比肩三九族，足下一有分。

靈集愧天恩，生互二六人。
法中無氣味，石上有功勳。

本是大蟲勇，迴成師子談。
官家封馬嶺，同詳三十三。

八女出人倫，八箇絕婚姻。
朽床添六腳，心祖眾中尊。

走戊與朝鄰，鵝烏子出生。
二天雖有感，三化寂無塵。

說小何曾小，言流又不流。
草若除其首，三四繼門修。

		八月商尊飛有聲，巨福來群鳥不驚。 懷抱一雞來赴會，手把龍蛇在兩楹。 寄公席帽權時脫，蚊子之蟲慚小形。 東海象歸披右服，二處蒙恩總不輕。 日月并行君不動，即無冠子上山行。 更惠一峰添翠岫，玉教人識始知名。 高峰逢人又脫衣，小蛇雖毒不能爲。 可中并底看天近，小小沙彌善大機。 大浪雖高不足知，百年凡木長乾枝。 一鳥南飛卻歸北，二人東往卻還西。 可憐明月獨當天，四簡龍兒各自遷。 東西南北奔波去，日頭平上照無邊。 鳥來上高堂欲興，白雲入地色還青。 天上金龍日月明，東陽海水清不清。 首捧朱輪重復輕，雖無心眼轉惺惺。 不見耳目善觀聽，身體元無空有形。 不說姓字但驗名，意尋書卷錯開經。 口談恩幸心無情，或去或來身不停。	
	付法頌	吾本來唐國，傳教救迷情。 一花開五葉，結果自然成。	（僧）49
慧可	眞諦	無我法皆空，死生少異同。妙心化識見，眞諦在其中。	《歷代》316
慧生	回錫洛陽	蹀蹀西遊去，風塵壓兩肩。歸來捐得色，雨露淨山川。	《歷代》316
道臻	中興寺眾佛	歸山彌勒笑，出寺韋陀怡。羅漢無聲色，虔心拱大悲。	《歷代》315
	中興寺雨霽	西山新雨臍，孤寺野嵐中。老檜撐藤舞，均輸澹蕩風。	《歷代》315
	中興寺夜坐	群僧歌唱罷，分別入禪房。夜坐原閑課，修行各有方。	《歷代》315
慧光	臘殘	枹鼓聲盈耳，洛陽臘已殘。西風蕭颯甚，何忍說長安。	《歷代》314
	心期	心同幡髮津，爲與佛陀期。歷亂需情義，群黎企惠慈。	《歷代》314

惠標	詠山詩三首	靈山蘊麗名，秀出寫蓬瀛。香鑪帶煙上，紫蓋入霞生。霧捲蓮峰出，曇開石鏡明。定知丘壑裏，併佇白雲情。 蛾眉信重險，天目本仙居。金華抱丹竈，玉笥蘊神書。幽人披薜荔，怨妾採蘼蕪。紫巖無暮雨，何時送故夫。 丹霞拂層閣，碧水泛蓬萊。熬岫含煙聳，蓮崖照日開。松門夾細葉，石磴染新苔。能令平子見，淹留未肯回。	（先）2621 （僧）51
	詠水詩三首	曾添疏勒井，經涌貳師營。玉津花色亮，銀溪錦磧明。舟如空裏汎，人似鏡中行。持將符上善，利得動高情。 驪泉紫闕映，珠蒲碧沙沉。岸闊蓮香遠，流清雲影深。風潭如拂鏡，山溜似調琴。請君看皎潔，智有淡然心。 長川落日照，深浦漾清風。弱柳垂江翠，新蓮夾岸紅。船行疑汎迴，月映似沉空。願逐琴高戲，乘魚入浪中。	（先）2622 （僧）52
	詠孤石	中原一孤石，地理不知年。根含彭澤浪，頂類入香鑪煙。崖成二鳥翼，峰作一池蓮。何時發東武，今來鎮蠡川。	（先）2622 （僧）54
	贈陳寶應	送雨猶臨水，離旗稍引風。好看今夜月，當照紫微宮。	（先）2622 （僧）54
傅翕（雙林大士）	四相詩 　生相 　老相 　病相 　死相	識託浮泡起，生從愛欲來。昔時曾長大，今日復嬰孩。星眼隨人轉，朱唇向乳開。爲迷眞法性，還卻受輪迴。 覽鏡容顏改，登階氣力衰。咄哉今已老，趨拜禮還虧。 身似臨崖樹，心如念水龜。尚猶耽有漏，不肯學無爲。 忽染沉痾疾，因成臥病身。妻兒愁不語，朋友厭相親。楚痛抽千胍，呻吟徹四鄰。不知前路險，猶向恣貪嗔。 精魄辭生路，遊魂入死關。只聞千萬去，不見一人還。寶馬空嘶立，庭花永絕攀。早求無上道，應免四方山。	（僧）55

	頌八首	遍參四大海，觀尋五陰山。如來行道處，靈智甚清閑。寶殿明珠曜，花座美玉鮮。心王明教法，敷揚般若蓮。淨土菩提子，蓋得天中天。 觀此色身中，心王般若空。聖智安居處，凡夫路不同。出入無門戶，觀尋不見蹤。大體寬無際，小心塵不容。欲得登彼岸，高張智慧篷。 清淨明珠戒，莊嚴佛道場。身作如來相，心爲般若王。願早登蓮座，口放大圓光。廣照無邊界，爲佛作橋梁。開大毗尼藏，名傳戒定香。 觀達無生智，空中誰往來？永超三界獄，不染四魔胎。遊戲蓮花上，安居法性臺。天上悉瞻仰，冥空讚善哉！有緣逢廣化，般若妙門開。 夜夜抱佛眠，朝朝共共起。行住鎮相隋，坐臥同居止。分毫不相離，如身影相似。欲知佛何在，只言語聲是。 寂是法王根，動是法王曲。涅槃既不遠，常住亦非遙。迴心名淨土，煩惱應時消。欲過三塗海，勤修六度橋。定當成正覺，喻若待來潮。 伏藏不離體，珠在內身中。但向心邊會，莫遠外於空。 萬類同眞性，千般體一如。若人解此法，何用苦尋渠。四生同一體，六趣會歸余。無明即是佛，煩惱不須除。	（僧）56
	貪嗔癡	不須貪，看取遊魚戲碧潭。 只是愛他釣下餌，一條線向口中含。 不須嗔，嗔則能招地獄因。 但將定力降風火，便是端嚴紫磨身。 不須癡，癡被無明六賊欺。 惡業自身心所造，愚迷披卻玄生皮。	（僧）57

十勸	勸君一，專心常含波羅密。 勸修六度向菩提，五濁三塗自然出。 勸君二，夫人處世莫求利。 縱然求得暫時間，須臾不久歸蒿里。 勸君三，人身難得大須慚。 晝夜六時常念佛，勤修三寶向伽藍。 勸君四，努力經營修善事。 莫言少壯好光容，未委前程是何處。 勸君五，尋思地獄眞成苦。 眼前富貴呈容儀，須臾不久還歸土。 勸君六，第一莫喫眾生肉。 若非菩薩化身來，便是生前親眷屬。 勸君七，萬事無過須的實。 朝三暮四不爲人，此理安身終不吉。 勸君八，喫肉之人眞羅刹。 今生若也殺他身，來生還被他人殺。 勸君九，天堂地獄分明有。 莫將酒肉勸僧人，五百生中無腳手。 勸君十，相勸修行須在急。 一朝命盡入黃泉，父娘妻子徒勞泣。		（僧）57
頌二首	空手把鋤頭，步行騎水牛。 人從橋上過，橋流水不流。 有物先天地，無形本寂寥。 能爲萬象主，不逐四時彫。		（僧）58
還源詩十二章	還源去，生死涅槃齊。 由心不平等，法性有高低。 還源去，說易運心難。 般若無形相，教君若爲觀。 還源去，欲求般若易。 但息是非心，自然成大智。		（僧）58

		還源去，觸處可幽棲。 涅槃生死是，煩惱即菩提。 還源去，依理莫隨情。 法性無增減，妄說有虧盈。 還源去，何須更遠尋。 欲求真解脫，端坐自觀心。 還源去，心性不思議。 志小無爲大，芥子納須彌。 還源去，心性不思議。 志小無爲大，芥子納須彌。 還源去，解脫無邊際。 和光與物同，如空不染世。 還源去，何須次第求。 法性無前後，一念一時修。 還源去，心性不沉浮。 安住三三昧，萬行悉圓收。 還源去，生死本紛綸。 橫計虛爲實，六情常自昏。 還源去，般若酒澄清。 能治煩惱病，自飲觀眾生。	
	浮漚歌	君不見驟雨近著庭際流，水上隨生無數漚。 一滴初成一滴破，幾回銷盡幾回浮。 浮漚聚散無窮已，大小殊形相似。 有時忽起名浮漚，銷盡還同本來水。 浮漚自有還自無，象空象實總名虛。 究竟還同幻化影，愚人喚作半邊珠。 此時感嘆閑居士，一見浮漚悟生死。 皇皇人世總名虛，暫借浮漚以相比。 念念人間多盛衰，逝水東注永無期。 寄言世上榮豪者，歲月相看能幾時？	（僧）59

		獨自山，茅茨草屋安。 熊罷撩人戲，飛鳥共來殮。 獨自居，何意此勤劬。 翹心尋本性，節志服眞如。 獨自眠，寂寞好思玄。 休息攀緣境，不著有無邊。 獨自坐，靜思觀無我。 調直簡身心，慈悲成薩埵。 獨自處，本誓如應語。 示道在經中，扣破無明主。 獨自行，見色恰如盲。 輕軀同類化，蠕動未曾驚。 獨自戲，問我心中有何爲？ 若見無記在心中，急斷令還般若義。	
獨自詩二十章		獨自往，觸處隨緣皆妄想？ 妄想心內逼馳求，即此馳求亦非往。	（僧）60
		獨自歸，登山度嶺何所依？ 比至所依無定實，孰觀此境竟何爲？ 獨自作，問我心中何所著？ 推檢四運併無生，千端萬緒何能縛？ 獨自語，問我心中何所取？ 照了巧說並皆空，咽喉唇舌誰爲主？ 獨自精，其實離聲名， 三觀一心融萬品，荊棘叢林何處生？ 獨自美，迢迢棄朝市。 追昔本願證無生，不得無生終不止。 獨自佳，禪味朝殮不用蝦。 弊此博食如應與，假借五陰以爲家。 獨自樂，但欲求無學。 急斷三界繩，得免泥犁惡。	

		獨自好，決求菩薩道。 萬行爲眾身，未取泥洹寶。 獨自歡，試取世緣看。 捉此無常境，一理向心觀。 獨自奇，正是學無爲。 迴首多許念，運向涅槃池。 獨自足，願心無限局。 怨親法界語圓眞，始得應身化群育。 獨自宿，意裏心儲蓄。 爲作良友繫衣珠，歷劫彌生根會熟。	
	爾時大士語諸弟子晝夜思維觀察自心生而不生滅而不滅止息攀緣人法相寂是爲解脫乃作五章詞曰	一更始，心香遍界起。 敬禮無上尊，心心已無心。 二更至，跏趺靜禪思。 通達無彼我，眞如一不二。 三更中，觀法空不空。 無起無生滅，體一眞如同。 四更前，觀法緣無緣。 眞如四句絕，百非寧復煎。 五更初，稽首禮如如。 歸依無新故，不實亦不虛。	（僧）62
	行路難二十篇並序	夫心性虛凝，量同法界，眞如絕相，無作無緣。 湛爾常存而無住，法流滿世界而實理不遷，妙道歸空而普同萬有，法王依此而喻說金堅，故借言欲顯其相，而復不爲言之所詮。 然觸事該羅，而事無不攝，性本解脫而無十纏，緣所不起，呼之爲妙言方不及，故號自然。 常與世和而世法不染，俗是其體而亦不爲俗之所牽，爾乃虛玄絕妙，空廓坦蕩，雖無狀而現行，雖有形而無象，散合無方，而非還非往，雖聚歘而不促，設開舒而不廣，實非物而有音，具大音而希響。 性寂虛沖，非一非兩，廣照分明，徒自	（僧）63

		明而自朗，未曾暫有，而全體現前。 雖復現前，而難智難仰，細於毫末而不微，生遍三千而不長，理無決定，而形事微妙而忽恍。 生死坦然，非因育養，識類含生，同斯法綱。 就悟名爲涅槃，而不知者說爲憶想。 斯則眞實無疑，能柔能強，廣望則世界不容，息念則舉體皆空。 乃是無色之色，恬靜淵洪，止之則爲無量無窮之體，合之則爲無隻無雙之宗，普周萬國，無遠弗到，包羅太虛，無物不容，非凡非聖，非智非愚，惟有無心質士，合此虛宗。會之者豁冥昧，照之者朗迷蒙，遮那湛然，無增無減，四生三有，閡爾還空。 若乃幽微寂寞，難見難知，莫立一名相，而不合不離，非斷非常，而二邊俱會，無明無暗，非慧非癡，此非世間智辯照之所能及，是無生慧者之所深思。 斯乃自悟虛心，即長生而不滅，見而非見，無著無依。 世有九十六種外道，亦所不及。惟是無上佛法，要切良基，余既瞽聞，不能默已，抱愚竭智，聊述拙辭。	
	明心非斷常	雖不會妙理，然其語意大指，終歸眞如，然煩情群迷，制斯遣慮，願高明正士，見者不嗤。 君不見自心非斷亦非常，普在諸方不入方。 亦復不依前後際，又復非圓非短長。 湛然無生亦無滅，非白非黑非青黃。 雖復念慮知諸法，而實不住念中央。 眾生入而無所入，雖取六境無所傷。 智者分明了知此，是故號曰法中王。	
	明眞照無照	自悟知此非知法，因爾智慧等金剛。 不藉外緣資內府，戒定慧品自閑防。 安住普超三昧頂，憶想顛倒永消亡。 覺諸煩惱眞如相，稱此空名爲道場。 爲眾班宣演常教，如此妙義未曾彰。 行路難，路難微妙甚難行。 若以無知照知法，現前證得本無生	

	明心相實相	君不見眞照分明性無照，通鑒坦蕩復無平。 安住無明知明照，了達明照之無明。 一心永斷於諸行，始復勤行於不行。 一心非心亦非一，無一無心行不生。 識心即是無生法，非離生法有無生。 若知諸緣性無起，隨心顚倒任縱橫。 解了空心無隔礙，世間言論不庸爭。	
	明無相虛融	若復苦欲爭言論，方爲貪癡之所盲。 是故經言樂知見，五陰塵勞隨復生。 若能專心復本際，自得正道坦然平。 性正心平無有正，假設平正引群生。 行路難，路難常住五陰山。 涅槃虛玄不爲寂，雖有生死獨清閑。 君不見心相微細最奇精，非作非緣非色名。	
	明凡聖非一非二	雖復恬然非有相，若凡若聖己之靈。 此靈無形而常應，雖復常應實無形。 心性無來亦無去，緣慮流轉實無停。 正覺此之眞常覺，方便鹿苑制尊經。 爲度妄想諸邪見，令知寂滅得安寧。	
	明心性無染	廣說菩提與諸行，而此二法即音聲。 了達音聲處非處，三毒煩惱不虧盈。 又達五陰皆空寂，止慧無生制六情。 於茲六情隨念滅，即是眞了涅槃城。 行路難，路難無往復無還。 貪嗔不在於內外，亦復的不在中間。 君不見決定法中無決定，虛妄顚倒是菩提。若心分別菩提法，分別菩提還復迷。若了此迷無分別，迷與分別即菩提。	
	明波若無諍	分別菩提非一異，恒一同體不相離。 安住性空眞實性，空性無空亦不齊。 同體大悲合一切，故知眞性不乖迷。 只此昏迷即無性，亦復不論齊不齊。 若捨塵勞更無法，喻若蓮花生淤泥。 如來法身無別處，普通三界苦泥犁。	
	明本際不可得	三界泥犁本非有，微妙誰復得見蹊？ 行路難，路難本自是泥洹。 內外身心並空寂，顚倒貪嗔何處安？	

		君不見煩惱茫然非是一，雖復非一亦非多。 若能照知其本際，即是眞身盧舍那。 入於微塵亦無礙，無礙體寂娑婆。 凡聖兩途非二處，生死涅槃常共和。	
	明無斷煩惱	雖復強立名和字，只簡愛癡眞佛陀。 般若深空智非智，以無心意制眾魔。 余既誠心學此術，聊抽拙抱作斯歌。 行路難，路難心性實極寬。 貪欲本來常寂滅，智者於此可盤桓。 君不見智人求心不求佛，諸法寂滅即貪淫。	
	明寂滅無心常行精進	愛欲貪淫從心起，我亦徵心於無心。 若也求心復不得，自然無處起貪淫。 貪淫無起亦無滅，顛倒非淺亦非深。 又亦不得非貪欲，無得不得妙難尋。 三毒性中恒如此，具足常同堅固林。 余事貪淫爲佛事，更無三毒橫相侵。 若求出離還沉沒，分別出沒還復沈。 諸佛善得於三毒，眾生虛妄不能任。	
	明法身體用自在	我亦勤修三毒性，更不願求諸佛心。 行路難，路難心中本無物。 無物即是淨菩提，無見心中常見佛。 君不見般若眞源本常淨，生死根際自虛微。即此生死眞般若，離斯外覓反相違。 心若分別於生死，諸苦毒難竟相追。	
	明金剛解脫	今若事之爲功臣，虛妄顛倒不能歸。 而此但假空言語，淨穢兩邊俱不依。 無心捨離於生死，涅槃無心亦不追。 涅槃無心即生死，生死無心般若暉。 般若無心明照用，無照無用斷言辭。 亦復不欲有諸見，即是法王無上醫。 善解於此無心藥，三有諸病盡能治。	
	明寂靜無照無得	行路難，路難遣之而復遣。 識此遣性本來空，無心終是摩訶衍。 君不見本際之中無復本，無本眞際無人知。 若人無知了斯際，清淨微妙不爲奇。 知與無知常自爾，苦樂等同於大悲。 三界眾生乃迷鶩，於其實錄是無爲。	

	明三空無性	亦復無此無爲法，強自生心是苦疲， 苦疲皆空如炎響，生滅不住不分離。 能知此心無礙，生死虛妄不能羈。 而此一心皆悉具，八萬四千諸律儀。 亦復不過人法，嶮巇絕危而不危。 一切法中無有法，世人遑遽欲何爲？ 行路難，路難心中無可看。 昔日謂言諸佛遠，今知貪嗔是涅槃。	
	明空有不違	君不見文殊妙德非爲遠，三障三毒即二空。 五分法身纏五陰，六入無知爲六通。 四倒四果何曾異，八邪八正體還同。 七覺菩提性無別，七識流浪會眞宗。 一切煩惱皆空寂，諸佛法藏在心胸。 恒將法忍相隨逐，只自差舛不相逢。	
	明魔怨	諸佛如來住何所，併在貪淫愛欲中。 今勤斷貪淫愛欲，但是方便化童蒙。 貪欲本相眞清淨，假說空名名亦空。 行路難，路難心中非是心。 寄語眞修無念士，眞勿分別毀貪淫。	
	明法性平等	君不見寂滅性中無寂滅，眞實覺中無覺和。 亦復無有無知覺，清虛寂寞離方規。 法性自爾無因致，憶想顛倒性無爲。 正使飄流遍三界，於其心中實不移。	
	明不思議佛母	無去無來亦無住，善達無住亦無虧。 諸佛世雄非尊大，三毒四倒亦非卑。 卻尋緣心無所得，無緣心中緣復彌。 若欲速去無上道，無知三毒性能資。 三毒生於三解脫，七識還生七覺支。 倒心去來無有實，去來無急亦無遲。	
	明無覺精進	覺諸煩惱觀前境，但自懲心而卻推。 心本無根何有本，六塵五欲不能拘。 行路難，路難微妙甚希奇。 昔日殷勤勇精進，不知精進背無爲。 君不見大士自觀身中法，身是如來淨法身。 虛空往還最迅速，獨脫自在不由人。 出入毛孔而無礙，愛取塵時不染塵。 所以安心不擇處，了知眞俗體非殊。 息慮心空不捨事，名理言行不相扶。	

不依六塵心搖動，真如無作順空虛。
無去無來常不住，心神竭盡亦非無。
不壞於身隨一相，不斷貪淫而不居。
若謂無差還自縛，言其體異轉傷軀。
猶如夢幻無真實，本來非有若爲除。
行路難，路難頓爾難料理。
凡夫妄見有差異，真實凝心無彼此。

君不見邪見非邊不離邊，顛倒分別亦非
緣。
自心非心念非念，常來常去實無遷。
猶如金剛難沮壞，諸佛用此作金堅。
世人稱譽涅槃妙，余道生死最深玄。
即是無生之上忍，又是摩訶無礙禪。
正士由心於是定，不爲八風之所牽。
天樂之在無心戀，小小財色豈能纏。
隨逢苦樂心無變，永別臆想忘憂煎。
虛心無人無我所，任性浮沈如似顚。
實照常法知無定，知法無性號爲賢。
行路難，路難非空亦非有。
有無雙遣兩俱存，俱存無遣亦無受。

君不見大道寂寞叵思尋，通融萬象盡皆
深。
一切恬然無起滅，顛倒分別併從心。
智者求心無處所，茫然絕相離貪淫。
了了分明何所見，猶如病眼覩空針。
若人體知顛倒想，不爲妄苦所漂沈。
世間諸法如陽焰，行者愼莫致怨嫌。
恒以空心而反照，無上佛道亦能任。
行路難，路難微妙實無雙。
若識六情空非有，眾魔結賊自然降。
君不見法性無知不可說，有漏無漏并虛
通。
雖復乖差作諸地，尋其本際盡皆同。
亦復無同可同法，亦不以空持作空。
若欲知斯殊妙道，但自窮搜五陰叢。
如實無來亦無去，亦不的在六情中。
即是無原真法界，湛然常存無始終。
行路難，路難苦樂何未央。
時往西方無量壽，或復託化現東方。

| | | 君不見愛欲貪淫諸佛母，諸佛世尊貪欲兒。
從來菩提爲我匠，今使我爲眾匠師。
昔日千端外求佛，佛在衣中今始知。
無量癡心本是道，三毒四倒不思議。
虛妄行慈愍眾苦，不知眾苦是慈悲。
瞋恚無明最微妙，世間智者不能思。
昔日辛勤學知見，不知知見自無知。
四趣二塗悉非有，三障三脫不分離。
行路難，路難無有俱併忘。
了知煩惱無生相，即是如來坐道場。

君不見正心修行諸佛子，以見非心故不憂。
知心非心意非意，八風傷逼豈懷愁。
隨風東西無我所，獨脫逍遙不繫舟。設使住時終非住，走遍十方而不流。
不見我時於無我，善哉設性任沈浮。世間妄想無眞實，吾於此中何所求？
只用非心覺非覺，亦復正修於不修。
若人不知如此處，不應稱名作比丘。
爲箇癡心作奴僕，愛結纏之不自由。
而此更增諸苦惱，永劫長塗三界因。
生死相連彌復甚，紛不能得永長休。
行路難，路難無令過諸念。
無念之念乃爲眞，眞念無眞還自炎。
君不見無上菩提最爲近，四大五陰皆深奧。
其實清淨妙難知，不悟此心眞卒暴。
和合性中無有實，是故稱爲諸法要。
於中無妄亦無眞，只用無爲作微妙。
尋其體寂不應言，假爲眾生立名號。
若知名號即非名，解了眾生知佛教。
覺知無因之正因，當得無因無果報。
善達貪愛得無生，無名去來無動搖。
不見聖果異凡情，分別聖凡還復倒。
若人無願亦無修，必定當爲世間導。
行路難，路難非穢亦非淨。
是非雙泯復還存，泯存叵測見眞性。 | |
| 行路易十五首 | 佛生具一體，生佛本來同。觸目皆如此，無心自性中。行路易，路易不修行。
有無心永息，只箇是無生。 | (僧) 70 |

眾生是佛祖，佛是眾生翁。三寶不相離，
菩提皆共同。行路易，路易眞無作。
持經不動口，坐禪終日臥。

無生無處所，無處是無生。若覓無生處，
無生無處生。行路易，路易坦然平。
無心眞解脫，自性任縱橫。

菩提無處所，無處是菩提。若覓菩提處，
終身累劫迷。行路易，路易眞不虛。
善惡無分別，此則是眞如。

有無皆解脫，累息在無生。菩提是顛倒，
生死最爲精。行路易，路易人莫疑。
解我如此語，修道不須師。

東山水上浮，西山行不住。北斗下閻浮，
是眞解脫處。行路易，路易人不識。
半夜日頭明，不悟眞疲劇。

猛風不動樹，打鼓不聞聲。日出樹無影，
牛從水上行。行路易，路易眞可憐。
修道解此意，長伸兩腳眠。

佛心與眾生，是三終不移。虛空合眞理，
人我在無爲。行路易，路易眞難測。
寄語行路人，大應須努力。

人道行路難，我道行路易。入山十二年，
長伸兩腳睡。行路易，路易莫思量。
剎那心不二，終日是天堂。

須彌芥子父，芥子須彌爺。山海平坦地，
燒冰將煮茶。行路易，路易眞寂寞。
菩提在心中，世人元不覺。

有無來去心永息，內外中間心總無。
欲覓如來眞佛處，但看石牛生象兒。
行路易，路易須及早。
不用學多聞，無言眞是道。
無明是無作，無作是無心。若見無心處，
楊花水底沈。行路易，路易眞無得。
講說千般論，不如少時默。

		無情正是道，木石盡眞如。 達時遍處是，不悟永乖疎。行路易，路易眞可樂。 刹那登正覺，不用披三教。 無心眞無事，無事少人知。無爲無處所，無處是無爲。 行路易，路易人莫驚。 無有無爲，空有無爲名。 無我無人眞出家，何須剃髮染袈裟。 欲識逍遙眞解脫，但看水牛生象牙。 行路易，路易君諦聽。 無覺無菩提，無垢亦無淨。	
	率題六章		（僧）72
	嘆佇歸殊至今獲	攜明是今日，感應在明陽。想思深洞盡，企子實難當。朝憶生眷戀，夕望動心傷。 若期靈樹下，度脫不相忘。忍見孤憔悴，俱願普趨躇。 雙飛白日頂，出氣紫雲光。 神龍左右梵，散花來芬芳。菲菲常樂境，藹藹昇金堂。	
	嘆斷高遂背元志	近背天宮樂，念苦暫羈斯。舒散金來抱，流緇布交知。唯仰相隨善，依領使忘。 同登八位境，共樂寶蓮池。肉身變金體，妙果遂眾奇。	
	勸修無上道	改緇素容轉，體淨得金蘭。從修無上道，常樂自然完。拂拭明珠瑩，光發遍界看。	
	嘆世人不厭苦任自纏嬰	肯入七寶車，寧歸地獄所。刀山已傷形，劍樹方應處。日日痛難當，年年無暫弭。 流洩三塗中，憔悴玉容毀。不聽余今訓，爾時仙步阻。	
	勸諸仁賢背苦就樂	願子從爲善，名價身爲呈。諸天散花下，飛梵來相迎。同昇珍寶殿，處處皆光明。 共居常樂境，齊悅證無生。	
	勸同趣至眞解因緣縛	唯願趣眞道，研慮蕩眾緣。累盡超妙國，逍遙無畏天。	

	有沙門問大士那不出家答曰不敢住家不敢出家爾時又爲東鄉侯率題二章略說理要云	脫中如不如，縛中莫如相。乃會三菩提，如如等無上。法相并無雙，恒乖未曾各。沈浮隨不隨，搖漾泊無泊。	（僧）73
	勸諭詩三首	持戒如天日，能明本有軀。照見家中寶，兼聞額上珠。眞超三有海，徑到薩雲衢。並會等無等，齊證拘無拘。 破戒如船舶，沒溺大江海。臨窮方喚佛，志操不能改。命如風中燈，迅滅寧相待。身死罪猶存，牽向阿鼻門。千苦俱時至，萬痛切神魂。獨嬰燒煮炙，困劇事難論。 修空截三有，精進作醫王。共弘調御法，甘雨注無方。澤潤群生等，慧解悉芬芳。普會三菩室，齊證眞如房。	（僧）73
	率題兩章	罷世還本源，離有絕名相。栖神不二境，體一上無上。 性狎無彼此，心由不去歸。逍遙空寂苑，悅竟境忘依。	（僧）74
	三諫歌	捨世榮，捨世榮華道理長。努力殷勤學三諫，諫我身心還本鄉。諫意意根莫令起，諫口口根莫說彰。諫手手根莫鞭杖，三諫三王王自香。原注：此間似脫一句。虛空自得到仙堂。仙堂不近亦不遠，徘徊只是眾中央。若欲行住仙堂裏，不用匍匐在他鄉。若欲求念彌陀佛，東西南北是西方。西方彌陀觸處是，面前北後七重行。或黃或赤或紅白，或大或小或短長。天蓋正是彌陀屋，木孔木穿彌陀房。天上空中彌陀路，草木正是彌陀鄉。日夜前後嘈嘈鬧，正是彌陀口放光。若欲禮拜彌陀佛，不用思想強干忙。若不誑人是禮拜，若不求人是道場。努力自使三功作，殷勤肆力種衣糧。山河是家無盡藏，草木是人常滿倉。泥水是人常滿庫，藤蘿是人無底囊。多作功夫自成就，自行手腳熟嚴裝。若欲往生安樂國，只是箇物是西方。	（僧）74

	歌	諸佛村鄉在世界，四海三田遍滿生。 佛共眾生同一體，眾生是佛之假名。 若欲見佛看三郡，田宅園林處處停。 或飛虛空中擾擾，或攊山水口轟轟。 或結群朋往來去，或復孤單而獨行。 或使白日東西走，或使暗夜巡五更。 或烏或赤而復白，或紫或黑而黃青。 或大或小而新養，或老或少舊時生。 或身腰上有燈火，或羽翼上有琴箏。 或遊虛空亂上下，或在草木亂縱橫。 或無言行自出宅，或入土坑暫寄生。 或攢木孔為鄉貫，或遍草木或窠城。 或轉羅網為村巷，或臥土石作階廳。 諸佛菩薩家如是，只簡名為舍衛城。	（僧）74
	頌三首	佛亦不離心，心亦不離佛。心寂即涅槃， 心能即有物。物則變成魔，無物即見佛。 若能如是用，十八從何出？ 能知此心無隔礙，生死虛妄不能羈。 而此一心皆悉具，八萬四千諸律儀。 凡地修聖道果地智凡因。恒行無所踐， 常度無度人。	（僧）75
曇瑗	和偃法師遊故苑詩	丹陽松葉少，白水黍苗多。浸滔下客淚， 哀怨動民歌。 春蹊度短葛，秋浦沒長莎。 壞鹿自騰倚，車騎絕經過。 蕭條四野望，稠悵將如何。	（先）2623 《續高僧傳·曇瑗傳》 （僧）75
洪偃	登吳昇平亭	蕭蕭物候晚，蕭蕭天望清。旅人聊策杖， 登高蕩客情。 川原多舊迹，墟里或新名。宿煙浮始旦， 朝日照初晴。獨遊乏徒侶，徐步寡逢迎。 信矣非吾託，嘗心何易幷。	（先）2624 《續高僧傳·釋洪偃傳》 （僧）76
	遊鍾山之開善定林息心宴坐引筆賦詩	杖策步前嶺，褰裳出外扉。輕蘿轉蒙密， 幽徑復紆威。樹高枝影細，山盡鳥聲稀。 石若時滑屐，蟲網乍粘衣。澗傍紫芝曄， 巖上白雲霏。 松子排煙去，堂生寂不歸。窮谷無還往， 攀桂獨依依。	（先）2624 《續高僧傳·釋洪偃傳》 （僧）76
	遊故苑詩	龍田留故苑，汾水結餘波。 恨望傷遊目，辛酸思緒多。寒煙慘高樹， 濃露變輕蘿。澤葵猶帶井，池竹尚侵荷。 秋風徒自急，無復白雲歌。	（先）2624 《續高僧傳·曇瑗傳》 （僧）77

曇延	薛道衡見訪戲題方圓動靜四字	方如方等城，圓如智慧日。動則識波浪，靜類涅槃室。	（僧）78《續高僧傳、曇延傳》
智愷	臨終詩	千秋本難滿，三時理易傾。石火無恆燄，電光非久明。遺文空滿篋，徒然昧後生。泉路既幽噎，寒隴向淒清。一隨朝露盡，唯有夜松聲。	（廣）卷三十（僧）78（先）2624
高麗定法師	詠孤石	迥石直生空，平湖四望通。巖隈恒灑浪，樹杪鎮搖風。偃流還漬影，侵霞更上紅。獨拔群峰外，孤秀白雲中。	（先）2625（僧）79
亡名	五苦詩		（廣）卷三十
	生苦	可患身爲患，生將憂共生。心神恒獨苦，寵辱橫相驚。朝光非久照，夜獨幾時明。終成一聚土，獨覓千年名。	（僧）80
	老苦	少時欣日益，老至苦年侵。紅顏既罷艷，白髮寧久吟。階庭唯仰杖，朝府不勝簪。甘肥與妖麗，徒有壯時心。	
	病苦	拔劍平四海，橫戈卻萬夫。一朝牀枕上，迴轉仰人扶。壯色隨肌減，呻吟與痛俱。綺羅雖滿目，愁眉獨向隅。	
	死苦	可惜凌雲氣，忽隨朝露終。長辭白日下，獨入黃泉中。池臺既已沒，墳壠向應空。唯當松柏裏，千年恒勁風。	
	愛離	誰忍心中愛，分爲別後思。幾時相握手，嗚噎不能辭。雖言萬里隔，猶有望還期。如何九泉下，更無相見時。	
	五盛陰詩	先去非長別，後來非久親。新墳將舊塚，相次似魚鱗。茂陵誰辨漢，驪山談識秦。千年與昨日，一種併成塵。定知今世土，還是昔時人。焉能取他骨，復持埋我身。	（廣）卷三十（僧）81
無名法師	過徐君墓詩	延陵上國返，枉道訪徐公。死生命忽異，懽娛意不同。始往邙山北，聊踐平陵東。徒解千金劍，終恨九泉空。日盡荒郊外，煙生松柏中。何言愁寂寞，日暮白楊風。	（僧）82《文苑英華》卷306
尙法師	飲馬長城窟	長城征馬度，橫行且勞群。入冰穿凍水，飲浪聚流文。澄鞍如漬月，照影若流雲。別有長松氣，自解逐將軍。	（僧）82《樂府詩集》卷38
靈裕	哀速終	今日坐高堂，明朝臥長棘。一生聊已竟，來報將何息。	（僧）83《續高僧傳、靈裕傳》

	悲永殞	命斷辭人路，骸送鬼門前。從今一別後，更會幾何年。	（僧）83《續高僧傳、靈裕傳》
智炫	遊三學山詩	季嶺接重煙，嵌岑上半天。絕巖低更舉，危峰斷復連。側石傾斜澗，回流寫曲泉。野紅知草凍，春來鳥自傳。樹錦無機織，猿鳴談假弦。葉密風難度，枝疏影易穿。抱袠依閑沼，策杖戲荒田。遊心清漢表，置想白雲邊。榮名非我願，息意且蕭然。	（僧）84《續高僧傳、智炫傳》
慧曉	祖道賦詩	生平本胡越，閩吳各異津。聯翩一傾蓋，便作法城親。清談解煩累，愁眉始得申。今朝忽分手，恨失眼中人。子向徑何道，慧業日當新。我住邗江側，終爲松下塵。沉浮從此隔，無復更有因。此別終天別，迸淚忽霑巾。	（僧）84《續高僧傳、曇遷傳》
智命	臨終詩	幻生還幻滅，大幻莫過身。安心自有處，求人無有人。	（僧）87《續高僧傳、智命傳》
智才	送別詩	鏡中辭舊識，灞岸別新知。年來木應老，秖爲數經離。	（僧）87《文苑英華》卷266
沸大	淫佚曲	煌煌鬱金，生于野田。過時不採，宛如棄捐。曼爾豐熾，華色惟新，與我同歡。	（僧）87《古今禪藻集》卷一
	委靡辭	宿心嘉爾，故固良媒。問名諧師，占相良時。慘慘惕惕，懼爾不來。既覯爾顏，我心怡怡。今不合歡，豈徒費哉？斯誓爲定，淑女何疑？	（僧）88《古今禪藻集》卷一
慧輪	悼嘆詩	眾美乃羅列，群英已古今。也知生死分，那得不傷心。	（僧）88《古詩紀》卷138
慧英	一三五七九言詩	遊，愁。赤縣遠，丹思抽。鷲嶺寒風駛，龍河激水流。既喜朝聞日復日，不覺年頹秋更秋。已畢耆山本願誠難住，終望持經振錫往神州。	（僧）89《古今禪藻集》卷一

無名釋	禪暇詩	峨峨王舍城，鬱鬱靈竹園。 中有神化長，巧誘入幽玄。善人募授福， 惡人樂讎怨。善惡升沉異，薰蕕別露門。	（僧）89 《古詩紀》卷138
法宣	和趙郡王觀妓 應教	桂山留上客，蘭室命姪妖。 城中畫眉黛，宮內束纖腰。舞袖風前舉， 歌聲扇後嬌。 周郎不須顧，今日管弦調。	（僧）90
	愛妾換馬	朱蠡飾金鑣，紅妝束素腰。似雲來躞蹀， 如雪去飄飄。桃花含淺汗，柳葉帶餘嬌。 騁先將獨立，雙絕不俱標。	（僧）90 《古詩紀》卷138
靈裕	秋夜懷子楚	今夕月躕雰，山山無宿雲。去年隨雁返， 何日下河汾。話少春偏寂，情深念獨殷。 落花敲戶急，知否夢中聞。	《歷代》306
眞觀	泉聲	映門紅躑躅，窗外綠芭蕉。晝夜攤經卷， 泉聲慰栗寥。	《歷代》305
	蟲聲	喓喓山雨後，呵護蠹餘編。欲使丹黃筆， 猶豫旨否詮。	《歷代》305
	風聲	枯木唯格格，叢篁怨恨深。秋來連夜哭， 嘶啞至當今。	《歷代》306
	江聲	野老忘機久，山僧不抱琴。江聲閒裏聽， 十載亦稱心。	《歷代》306
靈藏	看花	滿山紅躑躅，殊勝牡丹花。富貴生猶死， 貧寒志不賒。	《歷代》304
	思雁	春去心長感，秋來眼始寬。偏思南下雁， 形影未曾看。	《歷代》304
	踏青日	試馬晴郊日，聽鶯復踏青。懷春人攘攘， 強半苦零丁。	《歷代》305
	涼月夜	諸峰托冷月，蠢蠢向西行。豈意濃雲掩， 全輸一鏡明。	《歷代》305
志念	痛世道	兩曜輾蠟嶂，人文王以繁。化成風迭偃， 世道忒昏昏。擁衲撫初志，焚香淨慧根。 將來添新塔，雷雨護吟魂。	《歷代》304
敬脫	自明	智慧如來大，恩情父母眞。深知梟獍惡， 吾更愛吾身。	《歷代》303
	自覺	忍苦求迴向，孜孜一片心。諷經無我念， 逐日近徽音。	《歷代》303
智果	僕僕	鳳麟不可遇，慧可無處尋。僕僕山與水， 幸免雪霜侵。霜雪侵我久，春風護叢林。 白頭人健朗，尚能伴客吟。	《歷代》303
本濟	簡玩石上人	浮雲天地闊，冷煖曷須爭。智慧形骸外， 心同死水清。	《歷代》302

海順	三不爲篇	我欲偃文修武，身死名存。研石通道，祈井流泉。君肝在內，我身處邊。荊軻拔劍，毛遂捧盤。不爲則已，爲則不然。將恐兩虎共鬥，勢不俱全。永續今好，長絕來怨。是以返跡荒徑，息影柴門。 我欲刺股錐刃，懸頭屋梁。書臨雪彩，牒映螢光。一朝鵬舉，萬里鸞翔。縱任才辯，遊說君王。高車返邑，衣錦還鄉。將恐鳥殘以羽，蘭折由芳。寵餐談貴，鉤餌難嘗。是以高巢林藪，深穴池塘。 我欲衒才鬻德，入市趨朝。四眾瞻仰，三槐附交。標形引勢，身達名超。箱盈綺服，廚富甘肴。諷揚弦管，詠美歌謠。將恐塵栖弱草，露宿危條。無過日且，靡越風朝。是以還傷樂淺，非惟苦遙。	《歷代》300
智威	絕觀詩二首	莫繫念之念，成爲生死河。輪迴六趣海，不見出長波。 余本性虛無，緣妄生人我。如何息妄情，還歸空處坐。	《歷代》300
惠忠	絕觀詩二首	念想由來幻，性自無終始。若得此中意，長江自當止。 虛無是實體，人我何所存。妄情無須息，即汎般若船。	《歷代》299
法宣	和趙郡王觀妓應教	桂山留上客，蘭室命妖嬈。城中畫黛，宮裏束纖腰。舞袖風前舉，歌聲善後嬌。周郎不須顧，今日管絃調。	《歷代》299
	詠愛妾換馬	朱鬣飾金鑣，紅妝束素腰。似雲來蹀躞，如雪去飄飄。桃花含淺汗，柳葉帶餘嬌。騁先將獨立，雙絕不俱摽。	《歷代》299
僧璨	空勞	貪嗔宜殉死，曷異可憐生。故締輪迴業，空勞哭落英。	《歷代》298
	厄難	末世貪滔滔，寧甘受折磨。奮身登彼岸，厄難不相撓。	《歷代》298
	訶護	邱壑容高臥，煙霞久作鄰。禪扉暌禍福，訶護自由人。	《歷代》298

附錄四　六朝僧詩的體裁

作　者	詩　　　　題	言　數	句　數	內　容
康僧淵	1. 代答張君祖詩	5言	22	說理
	2. 又答張君祖詩	5言	28	說理
佛圖澄	3. 吟	4言	3	預言
支遁	4. 四月八日讚佛詩	5言	32	讚佛
	5. 詠八日詩（三首）	5言	10	讚佛
	6. 詠八日詩	5言	16	讚佛
	7. 詠八日詩	5言	14	讚佛
	8. 五月長齋詩	5言	40	佛理
	9. 八關齋詩（三首）	5言	20	佛理
	10. 八關齋詩	5言	20	佛理
	11. 八關齋詩	5言	20	佛理
	12. 詠懷詩（五首）	5言	18	玄理
	13. 詠懷詩	5言	26	玄理
	14. 詠懷詩	5言	24	玄理
	15. 詠懷詩	5言	24	玄理
	16. 詠懷詩	5言	18	玄理
	17. 述懷詩（二首）	5言	14	玄理
	18. 述懷詩	5言	16	玄理
	19. 詠大德詩	5言	20	說理

	20. 詠禪思道人詩	5言	28	玄 理
	21. 詠利城山居	5言	18	詠 物
道 安	22. 答習鑿齒嘲	5言	2	說 理
	23. 無機	5言	8	佛 理
慧 遠	24. 五言遊廬山	5言	14	說 理
	25. 五言奉和劉隱士遺民	5言	16	玄 理
	26. 五言奉和王臨賀喬之	5言	20	玄 理
	27. 行腳	5言	8	玄 言
	28. 五言奉和張常侍野	5言	12	說 理
慧 永	29. 鈔經	5言	4	佛 理
	30. 坐月	5言	4	玄 理
鳩摩羅什	31. 十喻詩	5言	8	佛 理
僧 叡	32. 佛境	5言	8	佛 理
僧 肇	33. 滄桑	5言	4	說 理
	34. 過長安	5言	4	說 理
妙 音	35. 雁雲	5言	4	說 理
	36. 風水	5言	4	佛 理
廬山諸道人	37. 遊石門詩	5言	14	說 理
廬山諸沙彌	38. 觀化決疑詩	5言	16	玄 理
史 宗	39. 詠懷詩	5言	8	說 理
帛道猷	40. 陵峰採藥觸興為詩	5言	10	遣 興
竺僧度	41. 答茗華詩	5言	14	佛 理
竺法崇	42. 詠詩	5言	4	
竺曇林	43. 為桓玄作民謠詩（二首）	5言	4	
	44. 為桓玄作民謠詩	5言	2	
無名釋	45. 津土詠	5言	4	讚 佛
寶 月	46. 行路難	雜言	14	閨 怨
	47. 估客樂	5言	8	送 別
	48. 又	5言	10	相 思
寶 誌	49. 讖詩	5言	10	預 言
	50. 大乘讚（十首）	6言	22	佛 理

51. 大乘讚	6言	26	〃
52. 大乘讚	6言	14	〃
53. 大乘讚	6言	20	〃
54. 大乘讚	6言	16	〃
55. 大乘讚	6言	20	〃
56. 大乘讚	6言	14	〃
57. 大乘讚	6言	20	〃
58. 大乘讚	6言	22	〃
59. 大乘讚	6言	20	〃
60. 十二時頌	雜言	9	〃
61. 十二時頌	雜言	9	〃
62. 十二時頌	雜言	9	〃
63. 十二時頌	雜言	9	〃
64. 十二時頌	雜言	9	〃
65. 十二時頌	雜言	9	〃
66. 十二時頌	雜言	9	〃
67. 十二時頌	雜言	9	〃
68. 十二時頌	雜言	9	〃
69. 十二時頌	〃	9	〃
70. 十二時頌	〃	9	〃
71. 十二時頌	〃	9	〃
72. 十四科頌——菩提煩惱不二	6	14	佛　理
73. 持犯不二	6	18	〃
74. 佛與眾生不二	6	12	〃
75. 事理不二	6	16	〃
76. 靜亂不二	6	14	〃
77. 善惡不二	6	18	〃
78. 色空不二	6	20	〃
79. 生死不二	6	22	〃
80. 斷除不二	6	30	〃
81. 眞俗不二	6	18	〃

	82. 解縛不二	6	20	〃
	83. 境照不二	6	16	〃
	84. 運用不礙	6	12	〃
	85. 迷悟不二	6	14	〃
	86. 偈	7	10	說 理
	87. 預言	雜言	44	讖
慧 約	88. 吊範貴	5	4	傷吊
知 藏	89. 奉和武帝三教詩	5	30	佛理
慧 令	90. 和受戒詩	5	8	佛理
法 雲	91. 三洲歌	雜言	4	
菩提達摩	92. 讖	7	4	
	93. 讖	7	4	
	94. 讖	7	4	
	95. 讖	7	4	
	96. 讖	5	4	
	97. 讖	5	4	
	98. 讖	5	4	
	99. 讖	5	4	
	100. 讖	5	4	
	101. 讖	5	4	
	102. 讖	5	4	
	103. 讖	5	4	
	104. 讖	5	4	
	105. 讖	5	4	
	106. 讖	5	4	
	107. 讖	5	4	
	108. 讖	5	4	
	109. 讖	7	4	
	110. 讖	7	4	
	111. 讖	7	4	
	112. 讖	7	4	

	113. 讖	7	4	
	114. 讖	7	4	
	115. 讖	7	12	
	116. 付法頌	5	4	
惠慕道士	117. 犯虜將逃作詩	5	8	
	118. 詠獨杵擣衣詩	5	8	
	119. 聞侯方兒來寇	5	4	
惠　標	120. 詠山詩（三首）	5	8	
	121. 詠山詩	5	8	
	122. 詠山詩	5	8	
	123. 詠水詩（三首）	5	8	
	124. 詠水詩	5	8	
	125. 詠水詩	5	8	
	126. 詠孤石	5	8	
	127. 贈陳寶應	5	4	
傅　翕	128. 四相詩——生相	5	8	佛理
	129. 老相	5	8	佛理
	130. 病相	5	8	佛理
	131. 死相	5	8	佛理
	132. 頌	5	10	佛理
	133. 頌	5	10	〃
	134. 頌	5	10	〃
	135. 頌	5	10	〃
	136. 頌	5	10	〃
	137. 頌	5	10	〃
	138. 頌	5	10	〃
	139. 頌	5	10	〃
	140. 貪嗔癡	雜言	4	佛理
	141. 貪嗔癡	雜言	4	〃
	142. 貪嗔癡	雜言	4	〃
	143. 十勸	雜言	4	佛理

144. 十勸	雜言	4	〃
145. 十勸	雜言	4	〃
146. 十勸	雜言	4	〃
147. 十勸	雜言	4	〃
148. 十勸	雜言	4	〃
149. 十勸	雜言	4	〃
150. 十勸	雜言	4	〃
151. 十勸	雜言	4	〃
152. 十勸	雜言	4	〃
153. 頌（二首）	雜言	4	
154. 頌	雜言	4	
155. 還源詩（十二章）	雜言	4	佛理
156. 還源詩	雜言	4	佛理
157. 還源詩	雜言	4	佛理
158. 還源詩	雜言	4	佛理
159. 還源詩	雜言	4	佛理
160. 還源詩	雜言	4	佛理
161. 還源詩	雜言	4	佛理
162. 還源詩	雜言	4	佛理
163. 還源詩	雜言	4	佛理
164. 還源詩	雜言	4	佛理
165. 還源詩	雜言	4	佛理
166. 還源詩	雜言	4	佛理
167. 浮漚歌	雜言	20	佛理
168. 獨自歌（二十章）	雜言	4	佛理
169. 獨自歌	雜言	4	佛理
170. 獨自歌	雜言	4	佛理
171. 獨自歌	雜言	4	佛理
172. 獨自歌	雜言	4	佛理
173. 獨自歌	雜言	4	佛理
174. 獨自歌	雜言	4	佛理

175. 獨自歌	雜言	4	佛 理
176. 獨自歌	雜言	4	佛 理
177. 獨自歌	雜言	4	佛 理
178. 獨自歌	雜言	4	佛 理
179. 獨自歌	雜言	4	佛 理
180. 獨自歌	雜言	4	佛 理
181. 獨自歌	雜言	4	佛 理
182. 獨自歌	雜言	4	佛 理
183. 獨自歌	雜言	4	佛 理
184. 獨自歌	雜言	4	佛 理
185. 獨自歌	雜言	4	佛 理
186. 獨自歌	雜言	4	佛 理
187. 獨自歌	雜言	4	佛 理
188. 爾時大士語諸弟子晝夜思維觀察自心生而不生滅而不滅止息攀緣人法相寂是為解脫乃作五章詞曰	雜言	4	佛 理
189. 〃	雜言	4	佛 理
190. 〃	雜言	4	佛 理
191. 〃	雜言	4	佛 理
192. 〃	雜言	4	佛 理
193. 行路難（二十篇）　第一章　明心非斷常	雜言	26	佛 理
194. 第二章　明眞照無照	雜言	26	佛 理
195. 第三章　明心相實相	雜言	24	佛 理
196. 第四章　明無相虛融	雜言	24	佛 理
197. 第五章　明凡聖非一非二	雜言	18	佛 理
198. 第六章　明心性無染	雜言	24	佛 理
199. 第七章　明般若無諍	雜言	24	佛 理
200. 第八章　明本際不可得	雜言	24	佛 理
201. 第九章　明無斷煩惱	雜言	22	佛 理
202. 第十章　明寂滅無心常行精進	雜言	28	佛 理

	203. 第十一章　明法身體用自在	雜言	24	佛理
	204. 第十二章　明金剛解脫	雜言	24	佛理
	205. 第十三章　明寂靜無照無得	雜言	24	佛理
	206. 第十四章　明三空無性	雜言	26	佛理
	207. 第十五章　明空有不違	雜言	24	佛理
	208. 第十六章　明魔怨	雜言	18	佛理
	209. 第十七章　明法性平等	雜言	16	佛理
	210. 第十八章　明不思議佛母	雜言	20	佛理
	211. 第十九章　明無覺精進	雜言	26	佛理
	212. 第二十章　明菩提微妙	雜言	24	佛理
	213. 行路易十五首	雜言	8	佛理
	214. 行路易	雜言	8	佛理
	215. 行路易	雜言	8	佛理
	216. 行路易	雜言	8	佛理
	217. 行路易	雜言	8	佛理
	218. 行路易	雜言	8	佛理
	219. 行路易	雜言	8	佛理
	220. 行路易	雜言	8	佛理
	221. 行路易	雜言	8	佛理
	222. 行路易	雜言	8	佛理
	223. 行路易	雜言	8	佛理
	224. 行路易	雜言	8	佛理
	225. 行路易	雜言	8	佛理
	226. 行路易	雜言	8	佛理
	227. 行路易	雜言	8	佛理
	228. 牽題六章 第一章嘆佇歸殊至今獲	5	16	佛理
	229. 第二章嘆斷高遂背元志	5	10	佛理
	230. 第三章勸修無上道	5	6	佛理
	231. 第四章勸世人不厭苦任自纏嬰	5	10	佛理
	232. 第五章勸請仁賢背苦就樂	5	8	佛理

	234. 爲東鄉侯率題二章略說理要	5言	4	佛理
	235. 勸喻詩三首	5言	8	佛理
	236. 勸喻詩	5言	12	佛理
	237. 勸喻詩	5言	8	佛理
	238. 率題兩章	5言	4	佛理
	239. 率題	5言	4	佛理
	240. 三諫歌	雜言	39	佛理
	241. 示諸佛村鄉歌	7言	28	佛理
	242. 頌	5言	8	佛理
	243. 頌	7言	4	佛理
	244. 頌	5言	4	佛理
慧　琳	245. 五老峰	5言	4	詠懷
	246. 念鳶山隱者	5言	4	詠懷
惠　休	247. 述志	5言	4	詠懷
弘　充	248. 山中思酒	5言	4	詠懷
	249. 天涯海涯	5言	4	佛理
淨　曜	250. 普賢寺即事	4言	20	佛理
僧　裕	251. 無題其一	5言	4	佛理
	252. 無題其二	5言	4	佛理
智　藏	253. 題興皇塔院壁	5言	8	詠物
淨　秀	254. 勸客	5言	8	佛理
僧　旻	255. 如來贊	5言	8	佛理
智　顗	256. 有所懷	5言	8	詠懷
慧　次	257. 抒感二偈其一	5言	4	佛理
	258. 抒感二偈其二	5言	4	佛理
智　永	259. 勸世歌	5言	8	佛理
慧　愷	260. 老眼	5言	4	佛理
	261. 胸臆	5言	4	佛理
曇　暉	262. 生涯記趣	5言	4	佛理
曇　瑗	263. 和偃法師遊故苑詩	5言	10	詠懷
洪　偃	264. 登吳昇平亭	5言	12	山水

	265. 遊鍾山之開善定林息心宴坐引筆賦詩	5言	14	山 水
	266. 時雨	5言	4	山 水
	267. 入朝曒村	5言	4	山 水
	268. 遊苑詩	5言	10	山 水
曇 延	269. 薛道衡見訪戲題方圓動靜四字	5言	4	佛 理
智 愷	270. 臨終詩	5言	10	佛 理
高麗定法師	272. 詠孤石	5言	8	詠 物
亡 名	273. 五苦詩 生苦	5言	8	佛 理
	274. 老苦	5言	8	佛 理
	275. 病苦	5言	8	佛 理
	276. 死苦	5言	8	佛 理
	277. 愛離	5言	8	佛 理
	278. 五盛陰詩	5言	12	佛 理
無名法師	279. 過徐君墓詩	5言	12	佛 理
尚法師	280. 飲馬長城窟	5言	8	樂 府
僧 聲	281. 口偈	5言	4	佛 理
慧 可	282. 眞諦	5言	4	佛 理
慧 生	283. 回錫洛陽	5言	4	詠 懷
道 臻	284. 中興寺眾佛	5言	4	佛 理
	285. 中興寺雨霽	5言	4	佛 理
	286. 中興寺夜坐	5言	4	佛 理
慧 光	287. 臘殘	5言	4	佛 理
	288. 心期	5言	4	佛 理
靈 裕	289. 哀速終	5言	4	佛 理
	290. 悲永殯	5言	4	佛 理
智 炫	291. 遊三學山詩	5言	18	山水詠懷
慧 曉	292. 祖道賦詩	5言	16	佛 理
玄 逵	293. 自述贈懷詩	5言	8	佛 理
	294. 戲擬四愁聊題兩絕詩	5言	4	佛 理
	295. 戲擬四愁聊題	5言	4	佛 理

智　命	296. 臨終詩	5言	4	佛　理
智　才	297. 送別詩	5言	4	詠　懷
沸　大	298. 淫洗曲	4言	8	宮　體
	299. 委靡辭	4言	12	宮　體
慧　輪	300. 悼嘆詩	5言	4	詠　懷
慧　英	301. 一三五七九言詩	雜言	10	佛　理
無名釋	302. 禪暇詩	5言	8	佛　理
法　宣	303. 和趙郡王觀妓應教	5言	8	宮　體
	304. 愛妾換馬	5言	8	宮　體

※共有僧侶作家六十五位，304 首作品。

附錄五　《高僧傳》中所記載六朝僧侶的外學修養

說明：

1. 《高僧傳》所依版本爲《大正新修大正藏》，史傳部《高僧傳》。

2. 本表格分爲三部份，僧侶姓氏，事蹟以及出處。

3. 有些僧侶的傳記係附於其它僧侶之下，在出處部份都有注明。

僧侶名字	僧　傳　記　載	出　　處
康僧會	1. 爲人弘雅有識量，篤志好學，明解三藏，博覽六經。天文圖緯多所綜涉。辯於樞機頗屬文翰。 2. 其言曰：「《易》稱積善餘慶，《詩》詠求福不回，雖儒典之格言，即佛教之明訓。」	第一卷譯經篇上〈康僧會傳〉
竺法護	誦經日萬言，過目則能。天性純懿，操行精苦，篤志好學，萬里尋師，是以博覽六經，遊心七籍，雖世務毀譽，未嘗介抱。	第一卷譯經篇上〈竺法護傳〉
帛　遠	1. 祖才思俊徹敏朗絕倫，誦經日八九千言，研味方等妙入幽微，世俗墳素多所該貫。 2. 每至閑辰靖夜，輒談講道德。	第一卷譯經篇上〈帛遠傳〉
曇摩難提	情度敏達學兼內外，性好譏諫無所迴避。	第一卷譯經篇上〈曇摩難提傳〉
竺佛念	弱年出家志氣清堅，外和內朗有通敏之鑒。諷習眾經粗涉外典，其《蒼》《雅》詁訓，尤所明達。	第一卷譯經篇上〈竺佛念傳〉
支孝龍	時或嘲之曰：「大晉龍興天下爲家，沙門何不全髮膚，去袈裟，釋胡服，被綾羅。」龍曰：「抱一以逍遙，唯寂以致誠。」	第四卷義解一〈支孝龍傳〉
康法暢	暢亦有才思，善爲往復。著〈人物始義論〉等。常執麈尾行，每值名賓，輒清談盡日。	第四卷義解一〈康僧淵傳〉

竺法雅	少善外學通佛義，衣冠仕子咸附諮稟。時依門徒並世典有功未善佛理。雅與康法朗等，以經中事數，擬配外書，為生解之例，謂之「格義」。乃毗浮相曇等，亦辯格義以訓門徒。雅風采灑落善於樞機，外典佛經遞互講說。	第四卷義解一〈竺法雅傳〉
竺法深	潛優游講席三十餘載，或暢方等，或釋老莊，投身北面者，〔註1〕莫不內外兼治。	第四卷義解一〈竺法深傳〉
支 遁	注《逍遙篇》，群儒舊學，莫不嘆服。	第四卷義解一〈支遁傳〉
于道邃	學業高明，內外該覽，善方藥，美書扎。洞諳殊俗尤巧談論。	第四卷義解一〈于道邃傳〉
竺法義	年十三遇深公便問：「仁利是君子所行，孔丘何故罕言？」深曰：「物匙能行是故罕言。」深見其幼而穎悟，勸令出家。於是棲志法門，從深受學，遊刃眾典，尤善法華。	第四卷義解一〈竺法義傳〉
道 安	理懷簡衷，多所博涉，內外群書，略皆遍睹。陰陽算數，亦皆能通。外涉群書，善為文章。符堅敕學士，內外有疑，皆師於安。	第五卷義解二〈道安傳〉
竺法汰	汰弟子曇壹曇二，並博練經義，又善老易，風流趣好與慧遠齊名。曇二少卒，汰哭之慟曰：「天喪回也。」	第五卷義解二〈竺法汰傳〉
釋僧先	道安曰：「先舊格義，於理多違。」先曰：「且當分析《逍遙》，何容是非先達？」	第五卷義解二〈釋僧先傳〉
釋法遇	弱年好學，篤志墳典。而任性誇誕，謂傍若無人。後與安公相值，忽然信伏，遂投簪許道事安為師。既沐玄化，悟解非常，折挫本心，謙虛成德。	第五卷義解二〈釋法遇傳〉
釋曇徽	年十二投道安出家。安尚其神采，且令讀書，二三年中學兼經史。十六方許剃髮，於是專務佛理，鏡測幽凝，未及立年，便能講說。雖志業高素而以恭推見重。	第五卷義解二〈釋曇徽傳〉
釋道立	少出家，事安公為師，善放光經，又以莊老三玄，微應佛理，頗亦屬意焉。	第五卷義解二〈釋道立傳〉
釋曇戒	居貧務學，遊心墳典。	第五卷義解二〈釋曇戒傳〉
帛道猷	少以篇牘著稱，性率素好丘壑，一吟一詠有濠上之風，與道壹經有講筵之遇。與壹書云：「始得悠游山林之下，縱心孔釋之書。觸興為詩，陵峰采藥。」	第五卷義解二〈竺道壹傳〉

〔註1〕古者臣北面見君，故稱臣於人者曰北面。

竺道壹	既博通內外，又律行清嚴。	第五卷義解二〈竺道壹傳〉
釋慧遠	1. 博綜六經，尤善莊老。性度弘博風鑒朗拔，雖宿儒英達莫不服其深致。 2. 嘗有客聽講，難實相義，往復移時，彌增疑昧。遠乃引《莊子》義爲連類，於是惑者曉然。是後安公特聽慧遠不廢俗書。	第六卷義解三〈釋慧遠傳〉
釋曇邕	從安公出家，安公既往，乃南投廬山事遠公爲師。內外經書，多所綜涉。志尙弘法，不憚疲苦。後爲遠入關致書羅什，凡爲使命十有餘年。	第六卷義解三〈釋曇邕傳〉
釋僧䂮	通六經及三藏，律行清謹能匡振佛法。	第六卷義解三〈釋僧䂮傳〉
釋道融	厥師愛其神采，先令外學。往村借《論語》竟不齎歸，於彼已誦，師更借本覆之不遺一字，既嗟而異之。於是恣其遊學，迄至立年，才解英絕，內外經書，暗游心府。	第六卷義解三〈釋道融傳〉
釋道恆	游刃佛理，多所兼通，學該內外，才思清敏。	第六卷義解三〈釋道恆傳〉
釋僧肇	家貧以傭書爲業，遂因繕寫，乃歷觀經史備盡墳籍。愛好玄微，每以《莊》《老》爲心要。嘗讀《老子》德章，乃嘆曰：「美則美矣，然期冥累之方，猶末盡善也。」	第六卷義解三〈釋僧肇傳〉
竺道生	生喟然嘆曰：「夫象以盡意，得意則象忘。言以詮理，入理則言息。若忘筌取魚，始可與言道矣。」林弟子法寶，亦學兼內外。	第七卷義解四〈竺道生傳〉
釋慧嚴	年十二爲諸生，博曉詩書。十六出家，又精鍊佛理，迄甫立年學洞群籍，風聲四遠，化洽殊邦。	第七卷義解四〈釋慧嚴傳〉
釋法智	幼有神理，年二十四往江陵，值雅公講，便議論數番，雅厝通無地。雅顧昕四眾曰：「小子斐然成章。」智笑曰：「乃變《風》、變《雅》作矣」於是聲布楚郢譽恰東吳，善《成實》及大小品。	第七卷義解四〈釋慧嚴傳〉
釋慧觀	觀既妙善佛理，探究《老》、《莊》。又精通十誦，博採諸部，故求道者日不空筵。	第七卷義解四〈釋慧觀傳〉
釋慧琳	善諸經及莊老，排諧好語笑，長於制作，故集有十卷。	第七卷義解四〈釋道淵傳〉
釋僧詮	少學燕齊遍學外典，弱冠方出家，復精鍊三藏，爲北土學者之宗。	第七卷義解四〈釋僧詮傳〉

釋僧含	幼而好學，篤志經史及天文算術。長通佛義數論兼明，尤善大涅槃，常講說不輟。	第七卷義解四〈釋僧含傳〉
釋曇諦	遊覽經籍，遇目斯記。晚入吳虎丘寺，講《禮》《易》《春秋》各七遍。《法華》《大品》《維摩》各十五遍。又善屬文翰，集有六卷，亦行於世。	第七卷義解四〈釋曇諦傳〉
釋道闇	闇學兼內外，尤善談吐。	第七卷義解四〈釋道汪傳〉
釋慧靜	解兼內外，偏善涅槃。	第七卷義解四〈釋慧靜傳〉
釋梵敏	少遊學關壟長歷彭泗，內外經書皆暗遊心曲。	第七卷義解四〈釋梵敏傳〉
釋僧瑾	1. 少善莊老及詩禮。 2. 善《三論》《維摩》，思益《毛詩》《莊》《老》等。	第七卷義解四〈釋僧瑾傳〉
釋曇度	善三藏及《春秋》《莊》《老》《易》。	第七卷義解四〈釋僧瑾傳〉
釋曇瑤	善《淨名》《十住》及《莊》《老》又工草隸。爲宋建平宣簡王宏所重也。	第七卷義解四〈釋法珍傳〉
釋玄趣	以學解見稱，趣博通眾經，並精內外。而尤善席上風軌可欣。	第八卷義解五〈釋道慧傳〉
釋道盛	幼而出家務學，善《涅槃》《維摩》兼通《周易》。	第八卷義解五〈釋道盛傳〉
釋弘充	少有志力，通莊老解經律。	第八卷義解五〈釋弘充傳〉
釋法瑗	1. 依道場慧觀爲師篤志大乘傍尋數論，外典墳素頗亦披覽。 2. 論議之際時談《孝經》《喪服》。	第八卷義解五〈釋法瑗傳〉
釋玄暢	洞曉經律深入禪要，占記吉凶靡不誠驗。墳典子氏，多所該涉。至於世伎雜能罕不畢備。	第八卷義解五〈釋玄暢傳〉
釋僧慧	至年二十五，能講涅槃法華十住淨名雜心等，性強記不煩都講，而文句辯折宣暢如流。又善《莊》《老》，爲西學所師。	第八卷義解五〈釋僧慧傳〉
釋慧光	光幼而爽拔，博通內外，多所參知。	第八卷義解五〈釋法安傳〉
釋僧若	若與兄僧璩並善諸經及外書。若誦法華工草隸，後爲吳國僧正。	第八卷義解五〈釋智秀傳〉

釋僧盛	特精外典，爲群儒所憚。故學館諸生常以盛公相脅。	第八卷義解五〈釋僧盛傳〉
釋僧寶	寶又善三玄，爲貴游所重。	第八卷義解五〈釋寶亮傳〉
釋曇斐	其方等深經皆所綜達，老、莊、儒、墨，頗亦披覽。後東西稟訪，備窮經論之旨。	第八卷義解五〈釋曇斐傳〉
竺佛圖澄	1. 誦經數百萬言，善解文義，雖未讀此土儒史，而與諸學士論辯疑義，皆闇若符契無能屈者。 2. 妙解深經，旁通世論。	第九卷神異上〈竺佛圖澄傳〉
史　宗	機捷無所拘滯，博達稽古，辯說玄儒。乃賦詩一首曰：「有欲苦不足，無欲亦無憂，未若清虛者，帶索披玄裘。浮遊一世間，汎若不繫舟，方當畢塵累，棲志且山丘。」	第十卷神異下〈史宗傳〉
釋僧從	學兼內外，精修五門。	第十一卷習禪〈釋僧從傳〉
釋僧璩	總銳眾經，尤明十誦，兼善史籍，頗制文藻。璩既學兼內外，又律行無庇	第十一卷明律〈釋僧璩傳〉
釋僧富	富少孤居貧，而篤學不厭，採薪爲燭以照讀書，及至冠年，備盡經史。美姿容善談論。	第十二卷亡身〈僧富傳〉
釋曇遷	篤好玄儒，遊心佛義，善談《莊》《老》，並注十地又工正書。常布施題經，巧於轉讀，有無窮聲韻梵製，新奇特拔終古。	第十三卷經師〈釋曇遷傳〉
釋曇智	性風流，善舉止，能談《莊》《老》，經論書史多所綜涉。既有高亮之聲，雅好轉讀，雖依擬前宗而獨拔新異，高調清澈寫送有餘。	第十三卷經師〈釋曇智傳〉
釋道照	少善尺牘，博兼經史。	第十三卷唱導〈道照傳〉
釋慧璩	讀覽經論，涉獵書史。眾技多閑，而尤善唱導	第十三卷唱導〈慧璩傳〉
釋曇光	性意嗜五經、詩賦及算術卜筮，無不貫解。年將三十，喟然嘆曰：「吾從來所習皆是俗事，佛法深理未染一毫，豈剪落所宜也！」乃屏舊業，聽諸經論識悟過人，一聞便達。	第十三卷唱導〈釋曇光傳〉
釋慧芬	袁先問三乘、四諦之理，卻辯老、莊、儒、墨之要。芬既素善經書，又音吐流便，自旦至夕袁不能窮，於是敬以爲師。	第十三卷唱導〈釋慧芬傳〉

參考書目

壹、專　書

一、以下所引佛典皆以（日）高楠順次郎等編撰《大正新脩大藏經》，
　　東京：大藏出版株式會社，1965 年再刊版，台北新文豐出版社，
　　1983 年影印本爲主。

1. 姚秦・佛陀耶舍共竺佛念譯《長阿含經》，大正藏第 1 卷，No1。
2. 西晉・白法祖譯：《佛般泥洹經》，《大正藏》，第 1 卷，No5。
3. 東晉・法顯譯：《大般涅槃經》，《大正藏》，第 1 卷，No7。
4. 西晉・支法度譯：《佛說善生子經》，《大正藏》，第 1 卷，No17。
5. 東晉・瞿曇僧伽提婆譯：《中阿含經》，《大正藏》，第 1 卷，No26。
6. 西晉・竺法護譯：《佛說尊上經》，《大正藏》，第 1 卷，No77。
7. 劉宋・求那跋陀羅譯《鴟鵒經》，大正藏第 1 卷，No79。
8. 劉宋・求那跋陀羅譯《雜阿含》，大正藏第 2 卷，No。
9. 後漢・安世高譯《五陰譬喻經》，《大正藏》，第 2 卷，No105。
10. 東晉・竺曇無蘭：《佛說水沫所漂經》，《大正藏》，第 2 卷，No106。
11. 東晉・竺曇無蘭譯：《佛說戒德香經》，《大正藏》，第 2 卷，No116。
12. 西晉・竺法護譯：《說鴦掘摩經》，《大正藏》，第 2 卷，No118。
13. 劉宋・求那跋陀羅譯：《央掘魔羅經》，《大正藏》，第 2 卷，No120。
14. 姚秦・鳩摩羅什譯：《佛說放牛經》，《大正藏》，第 2 卷，No123。
15. 東晉・瞿曇僧伽提婆譯：《增一阿含經》，《大正藏》，第 2 卷，No125。

16. 劉宋·求那跋陀羅譯：《佛說四人出現世間經》，《大正藏》，第 2 卷，No127。

17. 西晉·竺法護譯：《佛說力士移山經》，《大正藏》，第 2 卷，No135。

18. 吳·康僧會譯：《六度集經》，《大正藏》，第 3 卷，No152。

19. 吳·支謙譯：《菩薩本緣經》，《大正藏》，第 3 卷，No153。

20. 北涼·曇無讖譯：《悲華經》，《大正藏》，第 3 卷，No157。

21. 東魏，瞿曇般若流支譯：《金色王經》，《大正藏》，第 3 卷，No162。

22. 吳·支謙譯：《佛說月明菩薩經》，《大正藏》，第 3 卷，No169。

23. 元魏·佛陀扇多譯：《銀色女經》，《大正藏》，第 3 卷，No179。

24. 西晉·竺法護譯：《佛說鹿母經》，《大正藏》，第 3 卷，No182。

25. 後漢·竺大力共康孟詳譯：《修行本起經》，《大正藏》，第 3 卷，No184。

26. 吳·支謙譯：《佛說太子瑞應本起經》，《大正藏》，第 3 卷，No185。

27. 西晉·竺法護譯：《佛說普曜經》，《大正藏》，第 3 卷，No186。

28. 劉宋·求那跋陀羅譯：《過去現在因果經》，《大正藏》，第 3 卷，No189。

29. 北涼·曇無讖譯：《佛所行讚》，《大正藏》，第 4 卷，No192。

30. 劉宋·釋寶雲譯：《佛本行經》，《大正藏》，第 4 卷，No193。

31. 西晉·竺法護譯：《佛五百弟子自說本起經》，《大正藏》，第 4 卷，No199。

32. 吳·支謙譯：《撰集百緣經》，《大正藏》，第 4 卷，No200。

33. 姚秦·鳩摩羅什譯：《大莊嚴論經》，《大正藏》，第 4 卷，No201。

34. 元魏·慧覺等譯：《賢愚經》，《大正藏》，第 4 卷，No202。

35. 元魏·吉迦夜共曇曜譯：《雜寶藏經》，《大正藏》，第 4 卷，No203。

36. 後漢·支婁迦讖譯：《雜譬喻經》，《大正藏》，第 4 卷，No204。

37. 吳·康僧會譯：《舊雜譬喻經》，《大正藏》，第 4 卷，No206。

38. 南齊·求那毘地譯：《百喻經》，《大正藏》，第 4 卷，No209。

39. 吳·維祇難等人譯：《法句經》，《大正藏》，第 4 卷，No210。

40. 西晉·法立共法炬譯：《法句譬喻經》，《大正藏》，第 4 卷，No211。

41. 姚秦·竺佛念譯：《出曜經》，《大正藏》，第 4 卷，No212。

42. 陳·月婆首那譯：《勝天王般若波羅蜜經》，《大正藏》，第 8 卷，No231。

43. 姚秦・鳩摩羅什譯：《金剛般若波羅蜜經》，《大正藏》，第 8 卷，No235。

44. 姚秦・鳩摩羅什譯：《仁王護國般若波羅蜜經》，《大正藏》，第 8 卷，No246。

45. 姚秦・鳩摩羅什譯：《妙法蓮華經》，《大正藏》，第 9 卷，No262。

46. 西晉・竺法護譯：《正法華經》，《大正藏》，第 9 卷，No263。

47. 劉宋・求那跋陀羅譯：《大法鼓經》，《大正藏》，第 9 卷，No270。

48. 劉宋・求那跋陀羅譯：《佛說菩薩行方便境界神通經化經》，《大正藏》，第 9 卷，No271。

49. 南齊・曇摩伽陀耶舍譯：《無量義經》，《大正藏》，第 9 卷，No276。

50. 劉宋・曇無蜜多譯：《佛說觀普賢菩薩行法經》，《大正藏》，第 9 卷，No277。

51. 東晉・佛馱跋陀羅譯：《大方廣佛華嚴經》，《大正藏》，第 9 卷，No278。

52. 吳・支謙譯：《佛說菩薩本業經》，《大正藏》，第 10 卷，No281。

53. 梁・僧伽婆羅譯：《佛說大乘十法經》，《大正藏》，第 II 卷，No314。

54. 北涼・曇無讖譯：《大方廣三戒經》，《大正藏》，第 II 卷，No311。

55. 曹魏・白延譯：《佛說須賴經》，《大正藏》，第 12 卷，No328。

56. 前涼・支施崙譯：《佛說須賴經》，《大正藏》，第 12 卷，No329。

57. 西晉・白法祖譯：《佛說菩薩修行經》，《大正藏》，第 12 冊，No330。

58. 北魏・毘目智仙共般若流支譯：《聖善住意天子所問經》，《大正藏》，第 12 卷，No341。

59. 西晉・竺法護譯：《彌勒菩薩所問本願經》，《大正藏》，第 12 卷，No349。

60. 劉宋・求那跋陀羅譯：《勝鬘師子吼一乘大方便方廣經》，《大正藏》，第 12 卷，No353。

61. 北魏・瞿曇般若流支譯：《昆耶婆問經》，《大正藏》，第 12 卷，No354。

62. 北魏・曇摩流支譯：《如來莊嚴智慧光明入一切佛境界經》，《大正藏》，第 12 卷，No357。

63. 梁・僧伽婆羅等人譯：《度一切諸佛境界智嚴經》，《大正藏》，第 12 卷，No358。

64. 曹魏・康僧鎧譯：《佛說無量壽經》，《大正藏》，第 12 卷，No360。

65. 後漢・支婁迦讖譯：《佛說無量清淨平等覺經》，《大正藏》，第 12

卷，No361。

66. 北涼‧曇無讖譯：《大般涅槃經》，《大正藏》，第 12 卷，No374。

67. 東晉‧法顯譯：《佛說大般泥洹經》，《大正藏》，第 12 卷，No376。

68. 西晉‧竺法護譯：《佛說方等般泥洹經》，《大正藏》，第 12 卷，No378。

69. 北齊‧那連提耶舍譯：《大悲經》，《大正藏》，第 12 卷，No380。

70. 姚秦‧竺佛念譯：《菩薩從兜術天降神母胎說廣普經》，《大正藏》，第 12 卷，No384。

71. 姚秦‧竺佛念譯：《中陰經》，《大正藏》，第 12 卷，No385。

72. 北涼‧曇無讖譯：《大方等無想經》，《大正藏》，第 12 卷，No387。

73. 東晉‧竺曇無蘭譯：《迦葉赴佛般涅槃經》，《大正藏》，第 12 卷，No393。

74. 北涼‧曇無讖譯：《大方等大集經》，《大正藏》，第 13 卷，No397。

75. 劉宋‧智嚴共寶雲譯：《無盡意菩薩經》，《大正藏》，第 13 卷，No397-12。

76. 北齊‧那連耶舍譯：《大方等大集月藏經》，《大正藏》，第 13 卷，No397-15。

77. 北齊‧那連耶舍譯：《大方等大集經須彌藏經》，《大正藏》，第 13 卷，No397-16。

78. 西晉‧竺法護譯：《大哀經》，《大正藏》，第 13 卷，No398。

79. 西晉‧竺法護譯：《佛說無言童子經》，《大正藏》，第 13 卷，No401。

80. 姚秦‧佛陀耶舍譯：《虛空藏菩薩經》，《大正藏》，第 13 卷，No405。

81. 劉宋‧曇摩蜜多譯：《虛空藏菩薩神咒經》，《大正藏》，第 13 卷，No407。

82. 劉宋‧功德直譯：《菩薩念佛三昧經》，《大正藏》，第 13 卷 414 號。

83. 後漢‧支婁迦讖譯：《般舟三昧經》，《大正藏》，第 13 卷，No418。

84. 西晉‧竺法護譯：《賢劫經》，《大正藏》，第 14 卷，No425。

85. 姚秦‧鳩摩羅什譯：《佛說千佛因緣經》，《大正藏》，第 14 卷，No426。

86. 梁‧僧伽婆羅譯：《八吉祥經》，《大正藏》，第 14 卷，No430。

87. 北魏‧吉迦夜譯：《佛說稱揚諸佛功德經》，《大正藏》，第 14 卷，No434。

88. 西晉‧竺法護譯：《佛說彌勒下生經》，《大正藏》，第 14 卷，No453。

89. 西晉‧竺法護譯：《佛說文殊師利現寶藏經》，《大正藏》，第 14 卷，No461。

90. 梁‧僧伽婆羅譯：《文殊師利問經》，《大正藏》，第 14 卷，No468。

91. 北魏‧菩提流支譯：《佛說文殊師利巡行經》，《大正藏》，第 14 卷，No470。

92. 吳‧支謙譯：《佛說維摩詰經》，《大正藏》，第 14 卷，No474。

93. 姚秦‧鳩摩羅什譯：《佛說大方等頂王經》，《大正藏》，第 14 卷，No477。

94. 梁‧月婆首那譯：《大乘頂王經》，《大正藏》，第 14 卷，No478。

95. 西晉‧竺法護譯：《持人菩薩經》，《大正藏》，第 14 卷，No481。

96. 姚秦‧鳩摩羅什譯：《持世經》，《大正藏》，第 14 卷，No482。

97. 姚秦‧鳩摩羅什譯：《不思議光菩薩所說經》，《大正藏》，第 14 卷，No484。

98. 劉宋‧求那跋陀羅譯：《佛說摩訶迦葉度貧母經》，《大正藏》，第 14 卷，No497。

99. 劉宋‧沮渠京聲譯：《佛說淨飯王般涅槃經》，《大正藏》，第 14 卷，No512。

100. 西晉‧竺法護譯：《佛說琉璃王經》，《大正藏》，第 14 卷，No513。

101. 西晉‧支法度譯：《佛說逝童子經》，《大正藏》，第 14 卷，No527。

102. 北魏‧法場譯：《辯意長者子經》，《大正藏》，第 14 卷，No544。

103. 西晉‧竺法護譯：《佛說龍施菩薩本起經》，《大正藏》，第 14 卷 No558。

104. 劉宋‧曇摩蜜多譯：《佛說轉女身經》，《大正藏》，第 14 卷 564 號。

105. 姚秦‧曇摩耶舍譯：《樂瓔珞莊嚴方便品經》，《大正藏》，第 14 卷，No566。

106. 北魏‧菩提流支譯：《差摩婆帝授記經》，《大正藏》，第 14 卷，No573。

107. 北魏‧菩提流支譯：《佛說大方等修多羅王經》，《大正藏》，第 14 卷，No575。

108. 北魏‧佛陀扇多譯：《佛說轉有經》，《大正藏》，第 14 卷，No576。

109. 北魏‧瞿曇般若流支譯：《無垢優婆夷問經》，《大正藏》，第 14 卷，No578。

110. 姚秦‧鳩摩羅什譯：《思益梵天所問經》，《大正藏》，第 15 卷，No586。

111. 北魏‧菩提流支譯：《勝思惟梵天所問經》，《大正藏》，第 15 卷，No587。

112. 西晉‧竺法護譯：《修行道地經》，《大正藏》，第 15 卷，No606。

113. 姚秦‧鳩摩羅什譯：《禪祕要法經》，《大正藏》，第 15 卷，No613。

114. 姚秦・鳩摩羅什譯：《坐禪三昧經》，《大正藏》，第 15 卷，No614。

115. 姚秦・鳩摩羅什譯：《禪法要解》，《大正藏》，第 15 卷，No616。

116. 東晉・佛馱跋陀羅譯：《達摩多羅禪經》，《大正藏》，第 15 卷，No618。

117. 劉宋・沮渠京聲譯：《治禪病祕要法》，《大正藏》，第 15 卷，No620。

118. 後漢・安世高譯：《佛說自誓三昧經》，《大正藏》，第 15 卷，No622。

119. 西晉・竺法護譯：《佛說如來獨證自誓三昧經》，《大正藏》，第 15 卷，No623。

120. 西晉・竺法護譯：《文殊支利普超三昧經》，《大正藏》，第 15 卷，No627。

121. 西晉・竺法護譯：《佛說寶如來三昧經》，《大正藏》，第 15 卷，No635。

122. 東晉・祇多蜜譯：《佛說寶如來三昧經》，《大正藏》，第 15 卷，No637。

123. 北齊・那連提耶舍譯：《月燈三昧經》，《大正藏》，第 15 卷，No639。

124. 姚秦・鳩摩羅什譯：《諸法無行經》，《大正藏》，第 15 卷，No650。

125. 姚秦・鳩摩羅什譯：《佛藏經》，《大正藏》，第 15 卷，No653。

126. 姚秦・鳩摩羅什譯：《佛說華手經》，《大正藏》，第 16 卷，No657。

127. 梁・曼陀羅仙共僧呑婆羅譯：《大乘寶雲經》，《大正藏》，第 16 卷，No659。

128. 東晉・佛馱跋陀羅譯：《大方等如來藏經》，《大正藏》，第 16 卷，No666。

129. 劉宋・求那跋羅譯：《楞伽阿跋多羅寶經》，《大正藏》，第 16 卷，No670。

130. 北魏・菩提流支譯：《入楞伽經》，《大正藏》，第 16 卷，No671。

131. 北周・闍那耶舍譯：《大乘同性經》，《大正藏》，第 16 卷，No673。

132. 北魏・菩提流支譯：《深密解脫經》，《大正藏》，第 16 卷，No675。

133. 劉宋・求那跋羅譯：《相續解脫地波羅蜜了義經》，《大正藏》，第 16 卷，No678。

134. 北齊・那連提耶舍譯：《佛說施燈功德經》，《大正藏》，第 16 卷，No702。

135. 姚秦・鳩摩羅什譯：《燈指因緣經》，《大正藏》，第 16 卷，No703。

136. 北魏・瞿曇般若流支譯：《正法念處經》，《大正藏》，第 17 卷，No721。

137. 劉宋・僧伽跋摩譯：《分別業報略經》，《大正藏》，第 17 卷，No723。

138. 後漢・安世高譯：《佛說分別善惡所起經》，《大正藏》，第 17 卷，No729。

139. 東晉・竺曇無蘭譯：《五苦章句經》，《大正藏》，第 17 卷，No741。

140. 東晉・竺曇無蘭譯：《佛說自愛經》，《大正藏》，第 17 卷，No742。

141. 西秦・聖堅譯：《佛說除恐災患經》，《大正藏》，第 17 卷，No744。

142. 劉宋・求那跋羅譯：《佛說罪福報應經》，《大正藏》，第 17 卷，No747。

143. 劉宋・求那跋羅譯：《佛說輪轉五道罪福報應經》，《大正藏》，第 17 卷，No747。

144. 南齊・曇景譯：《佛說未曾有因緣經》，《大正藏》，第 17 卷，No754。

145. 北魏・菩提流支譯：《法集經》，《大正藏》，第 17 卷，No761。

146. 劉宋・慧簡譯：《貧窮老公經》，《大正藏》，第 17 卷，No797。

147. 劉宋・慧簡譯：《貧窮老公經》別本，《大正藏》，第 17 卷，No797。

148. 劉宋・沮渠京聲譯：《進學經》，《大正藏》，第 17 卷 798 號。

149. 西晉・竺法護譯：《佛說乳光佛經》，《大正藏》，第 17 卷，No809。

150. 西晉・竺法護譯：《諸佛要集經》，《大正藏》，第 17 卷，No810。

151. 西晉・竺法護譯：《佛說決定總持經》，《大正藏》，第 17 卷，No811。

152. 西晉・竺法護譯：《佛昇忉利天爲母說法經》，《大正藏》，第 17 卷，No815。

153. 西晉・安法欽譯：《佛說道神足無極變化經》，《大正藏》，第 17 卷，No816。

154. 西晉・竺法護譯：《佛說大淨法門經》，《大正藏》，第 17 卷，No817。

155. 西秦・聖堅譯：《佛說演道俗業經》，《大正藏》，第 17 卷，No820。

156. 劉宋・曇摩蜜多譯：《佛說諸法勇王經》，《大正藏》，第 17 卷，No822。

157. 北魏・瞿曇般若流支譯：《佛說一切法高王經》，《大正藏》，第 17 卷，No823。

158. 北魏・菩提流支譯：《謗佛經》，《大正藏》，第 17 卷，No831。

159. 北魏・瞿曇般若流支譯：《第一義法勝經》，《大正藏》，第 17 卷，No833。

160. 北魏・佛陀扇多譯：《如來師子吼經》，《大正藏》，第 17 卷，No835。

161. 東晉・佛馱跋陀羅譯：《佛說出生無量門持經》，《大正藏》，第 19 卷，No1012。

162. 劉宋・功德直共玄暢譯：《無量門破魔陀羅尼經》，《大正藏》，第 19 卷，No1014。

163. 梁・僧伽婆羅譯：《舍利弗陀羅尼經》，《大正藏》，第 19 卷，No1016。

164. 劉宋・薑良耶舍譯：《佛說觀藥王藥上二菩薩經》，《大正藏》，第 20

卷，No1161。

165. 吳・竺律炎、支謙共譯：《摩登伽經》，《大正藏》，第 21 卷，No1300。

166. 北魏・曇曜譯：《大吉義神咒經》，《大正藏》，第 21 卷，No1335。

167. 北涼・法眾譯：《大方等陀羅尼經》，《大正藏》，第 21 卷，No1339。

168. 後秦・鳩摩羅什譯：《大智度論》，《大正藏》，第 25 卷，No1509。

169. 唐・玄奘譯：《阿毘達磨大毘婆沙論》，《大正藏》，第 27 卷，No1545。

170. 唐・玄奘譯：《阿毘達磨順正理論》，《大正藏》，第 29 卷，No1562。

171. 唐・玄奘譯：《瑜伽師地論》，《大正藏》，第 30 卷，No1579。

172. 唐・玄奘譯：《顯揚聖教論》，《大正藏》，第 31 卷，No1602。

173. 姚秦・鳩摩羅什譯：《成實論》，《大正藏》，第 32 卷，No1646。

174. 唐・良賁述：《仁王護國般若波羅蜜多經》，《大正藏》，第 33 卷，No1709。

175. 隋・智顗說：《妙華蓮華經玄義》，《大正藏》，第 33 卷，No1716。

176. 隋・吉藏撰：《法華義疏》，《大正藏》，第 34 卷，No1721。

177. 唐・窺基撰：《妙法蓮華經玄贊》，《大正藏》，第 34 卷，No1723。

178. 唐・澄觀述：《新譯華嚴經七處九會頌釋章》，《大正藏》，第 36 卷，No1738。

179. 隋・吉藏撰：《百論疏》，《大正藏》，第 42 卷，No1827。

180. 隋・慧遠撰：《大乘義章》，《大正藏》，第 44 卷，No1851。

181. 隋・費長房撰：《歷代三寶紀》，《大正藏》，第 49 卷，No2034。

182. 唐・道宣撰：《續高僧傳》，《大正藏》第 50 卷，No2060。

183. 唐・玄奘譯：《大唐西域記》，《大正藏》第 51 卷，No2087。

184. 唐・道宣撰：《廣弘明集》，《大正藏》第 52 卷，No2103。

185. 唐・道宣撰：《大唐內典錄》，《大正藏》第 55 卷，No2149。

186. 唐・智昇撰：《開元釋教錄》，《大正藏》第 55 卷，No2154。

二、清代以前之著作，依作者朝代先後順序排列

1. （梁）慧咬：《高僧傳》：台北市：中華書局，1992。

2. （梁）僧祐：《弘明集》：台北市：新文豐，1986。

3. （梁）鍾嶸著，徐達譯：《詩品》，台北市：地球，1994。

4. （北魏）楊衒之撰，張元濟校：《洛陽伽藍記校注》，台北市：明文，1980。

5.　（唐）道宣編：《廣弘明集》，台北：中華，1970。

6.　（唐）柳宗元：《柳河東集》，台北市，台灣中華，1992。

7.　（宋）贊寧，范祥雍注：《宋高僧傳》，台北市：中華書局，1987。

8.　（宋）普潤大師編：《翻譯名義集》，台北：新文豐，1979。

9.　（宋）胡仔：《苕溪漁隱叢話》，台北市：木鐸，1982。

10.　（宋）釋道原：《景德傳燈錄》，台北市：新文豐，1990。

11.　（宋）普濟：《五燈會元》，台北市：文津，1991。

12.　（明）徐師曾：《詩體明辨序說》，台北市：大安，1998。

13.　（明）張溥編：《漢魏六朝百三家集》，台北市：世界，1988。

14.　（清）孫德謙：《六朝麗指》，台北市：新興，1963。

15.　（清）嚴可均編：《全上古三代秦漢三國六朝文》，台北市：世界，1982。

16.　（清）郭慶藩集釋：《莊子集釋》，台北市：華正，1982。

17.　（清）清段玉裁：《說文解字注》，台北縣：漢京文化，1985。

18.　（清）吳兆宜，穆克宏點校：《玉臺新詠箋注》，台北市：明文1988。

19.　（清）沈德潛著，王純父箋注：《古詩源》，台北市：華正，1992。

三、近代人著作依作者姓氏筆劃多寡排序

1.　丁敏等著：《佛學與文學－佛教文學與藝術學術研討會論文集（文學部份）》，台北市：法鼓文化，1998。

2.　丁成泉：《中國山水詩史》，台北市：文津出版社，1995。

3.　中國佛教協會編：《中國佛教百科全書》，上海：知識，1980～89。

4.　中國古典文學研究會主編：《文學與佛學關係》，台北市：台灣學生，1994。

5.　中國佛教協會：《中國佛教》，上海：東方，1996。

6.　中國歷代僧詩全集編委會：《中國歷代僧詩全集》（上、中、下），北京：當代中國，1997。

7.　方東美：《中國大乘佛學》，台北市：黎明，1991。

8.　王文顏：《佛典漢譯之研究》，台北市：天華，1984。

9.　王夢鷗：《古典文學論探索》，台北市：正中，1987。

10.　王運熙、楊明：《中國文學批評通史－魏晉南北朝卷》，上海：上海古籍，1989。

11.　王洪、方廣錩主編：《中國禪詩鑒賞辭典》，北京：中國人民大學出

版社，1992 年 6 月。

12. 王雷泉主編：《中國大陸宗教文章索引》台北市：東初出版社，1995 年 10 月。

13. 王運熙、楊明合著：《中國文學批評通史一魏晉南北朝卷》，上海：古籍，1996。

14. 王國瓔：《中國山水詩研究》，台北市：聯經，1996。

15. 王葆玹：《玄學通論》，台北市：五南，1996。

16. 王玫：《中國山水詩史》，天津：天津人民，1996。

17. 王力堅：《由山水到宮體》，台北市：台灣商務，1997。

18. 王克非編著：《翻譯文化史論》，上海：外語教有，1997。

19. 王鎮遠：《兩晉南北朝詩選》，香港：中華書局，1998。

20. 北大中文系編：《魏晉南北朝文學史參考資料》，台北市：里仁書局，1992。

21. 田軍、馬奕、綠冰主編：《中國古代田園山水邊塞詩賞析集成》，北京：光明日報，1991。

22. 牟宗三：《才性與玄理》，台北市：台灣學生，1985。

23. 牟宗三：《佛性與般若》，台北市：台灣學生，1989。

24. 朱義雲：《魏晉風氣與六朝文學》，台北市，文史哲，1980。

25. 朱光潛：《詩論》，台北市：德華，1981。

26. 朱謙之、任繼愈：《老子釋譯》，台北市：里仁，1985。

27. 朱大渭等：《魏晉南北朝社會生活史》，北京：中國社會科學，1998。

28. 呂澂：《中國佛學思想概論》，台北市：天華，1982。

29. 季羨林：《北較文學與民間文學》，北京：北京大學，1997。

30. 季羨林：《季羨林文集》第四卷《中印文化交流史》，江西：江西教育，1996

31. 季羨林主編：《印度文學研究集刊》第三輯，上海：上海譯文，1997。

32. 李振興等注譯：《新譯顏氏家訓》，台北市：三民，1993。

33. 李澤厚：《美的歷程》，台北縣：谷風，1987。

34. 李澤厚：《中國古代思想史論》，台北：三民，1996。

35. 何啓民等著：《嵇康、王弼、葛洪、郭象、道安、慧遠、竺道生、寇謙之》（《中國歷代思想家》（六）），台北市：台灣商務印書館，1999。

36. 林文月：《山水與古典》，台北市：三民，1996。

37. 周振甫注：《文心雕龍注釋》，台北：里仁書局，1984。

38. 周建江：《北朝文學史》，北京：中國社會科學，1997。

39. 周慶華：《佛教與文學的系譜》，台北市：里仁書局，1999。

40. 吳汝均編：《佛教思想大辭典》，台北市：商務，1991。

41. 吳小如、章培恆、曹道衡等撰：《漢魏六朝詩鑒賞辭典》，上海：上海辭書出版社，1992 年 9 月。

42. 吳戰壘：《中國詩學》，台北市：五南圖書，1993。

43. 吳先寧：《北朝文化特質與文學進程》，北京：東方，1997。

44. 祁志祥：《佛教美學》，上海：上海人民，1997。

45. 胡適：《白話文學史》，台北市：遠流，1986。

46. 胡遂：《中國佛學與文學》，湖南：岳麓，1998。

47. 洪順隆：《六朝詩論》，台北市：文津，1985。

48. 洪順隆主編：《中外六朝文學研究文獻目錄》台北市：漢學研究中心，1992。

49. 洪丕謨：《禪詩百說》，北京：中國友誼，1993。

50. 洪修平、吳永和著：《禪學與玄學》，台北市：揚智文化，1994。

51. 洪修平：《中國禪學思想史》，台北市：文津，1998。

52. 南京大學中語系主編：《魏晉南北朝文學論集》，1997。

53. 俞理明：《佛經文獻語言》，四川：巴蜀書社，1993。

54. 孫昌武：《唐代文學與佛教》，台北縣：谷風，1987。

55. 孫昌武：《佛教與中國文學》，台灣：東華，1989。

56. 孫昌武：《中國文學中的維摩與觀音》，北京：高等教育出版社，1996。

57. 孫昌武：《禪思與詩情》，北京：中華，1997 年。

58. 孫述圻：《六朝思想史》，江蘇：南京，1992。

59. 徐震愕：《世說新語校箋》，台北市：文史哲，1989。

60. 馬大品等編：《中國佛道詩歌總彙》，河北：中國書局，1993。

61. 唐翼明：《魏晉清談》，台北市：東大出版，1992。

62. 許抗生：《魏晉思想史》，台北市：桂冠，1992。

63. 郭朋：《中國佛教思想史》上卷，福建：人民出版社，1994。

64. 袁行霈：《中國詩歌藝術研究》，北京：北京大學，1996。

65. 章太炎：《太炎文錄》，台北市：文津，1956。

66. 梁啟超:《飲冰室文集》,台北市:中華,1972。

67. 梁啟超:《佛學研究十八篇》,台灣:中華書局,1985。

68. 陳新會:《中國佛教史籍概論》,台北市:三人行,1974。

69. 陳植鍔:《詩歌意象論-微觀詩史初探》,中國社會科學,1992。

70. 景蜀慧:《中國魏晉南北朝文學史》,北京:人民,1993。

71. 曹仕邦:《中國沙門外學研究-漢代至五代》,台北:東初,1994。

72. 曹道衡:《中古文學史論集》,台北市:紅葉,1996。

73. 曹道衡:《南朝文學與北朝文學研究》,江蘇:江蘇古籍,1999。

74. 陸侃如、馮沅君合著:《中國詩史》,北京:山東大學,1996。

75. 梅家玲:《漢魏六朝文學新論》,台北市:里仁,1997。

76. 陳允吉校點:《杜牧全集》,上海:古籍,1997。

77. 陳沛然:《佛家哲理通析》,台北市:東大出版,1999。

78. 張曼濤主編:《佛教與中國文化》,台北市:大乘,1978。

79. 張曼濤主編:《中國佛教史學史論集》,台北市:大乘文化出版社,1978,初版。

80. 張曼濤主編:《佛教與中國文化》,台北市:大乘文化出版社,1978,初版。

81. 張曼濤主編:《佛教人物史話》,台北市:大乘文化出版社,1978,初版。

82. 張仁青:《魏晉南北朝文學思想史》,台北市:文史哲,1978。

83. 張仁青:《六朝唯美文學》,台北市:文史哲,1980。

84. 張錫坤等著:《禪與中國文學》,吉林:吉林文史出版社,1992。

85. 張松如主編,趙敏俐著:《漢代詩歌史論》,吉林教育,1995。

86. 張伯偉:《禪與詩學》,台北:揚智,1995。

87. 張勇:《傅大士研究》,台北:法鼓文化,1999。

88. 張弘生:《中國佛教百科全書-詩偈卷》,台北縣:佛光,1999。

89. 逯欽立:《先秦漢魏晉南北朝詩》,台北市:木鐸,1983。

90. 彭楚衍編著:《歷代高僧故事》,台北市:圓明出版,1991。

91. 黃慶萱:《修辭學》,台北市:三民書局,1992。

92. 黃錦鋐註釋:《新譯莊子譯本》,台北市:三民,1994。

93. 黃河濤:《禪與中國藝術精神的嬗變》,北京:商務,1998。

94. 程業林:《詩與禪》,江西:江西人民出版社,2000。

95. 傅剛：《魏晉南北朝詩歌史論》，吉林：吉林教育，1995。
96. 湯用彤：《漢魏兩晉南北朝佛教史》，北京：北京大學，1997。
97. 葉慶炳：《中國文學史》，台北市：台灣學生，1990。
98. 葉潮：《文化視野中的詩歌》，成都：巴蜀，1997。
99. 葉太平：《中國文學之美學精神》，台北市：水牛，1998。
100. 楊家駱主編：《新校本三國志附索引》，台北市：鼎文，1990。
101. 楊家駱主編：《新校本宋書附索引》，台北市：鼎文，1990。
102. 楊家駱主編：《新校本南史附索引》，台北市：鼎文，1990。
103. 楊家駱主編：《新校本南齊書附索引》，台北市：鼎文，1990。
104. 楊家駱主編：《新校本後漢書并附編十三種》，台北市：鼎文，1990。
105. 楊家駱主編：《新校本晉書并附編六種》，台北市：鼎文，1990。
106. 楊家駱主編：《新校本梁書附索引》，台北市：鼎文，1990。
107. 楊家駱主編：《新校本梁書附索引》，台北市：鼎文，1990。
108. 楊耀坤：《中國魏晉南北朝宗教史》，北京：人民，1993。
109. 楊惠南：《佛教思想發展史論》，台北市：東大圖書，1997。
110. 楊曾文方廣錩編：《佛教與歷史文化》，北京：宗教文化，2001。
111. 管雄：《魏晉南北朝史論》，南京：南京大學，1998。
112. 慈怡法師主編：《佛教史年表》，高雄縣大樹鄉：佛光，1987。
113. 聖嚴法師著：《中國佛教史概說》，台北市：法鼓文化，1999。
114. 葛兆光：《禪宗與中國文化》，台北市：東華書局，1989。
115. 葛兆光：《七世紀前中國的知識、思想與信仰境界 —— 中國思想史 第一卷》，上海，復旦大學，1999。
116. 董群著：《中國佛教百科全書－人物卷》，台北縣：佛光，1999。
117. 廖蔚卿：《六朝文論》，台北市：聯經，1985。
118. 劉師培：《中古文學史》，台北市：世界，1962。
119. 劉熙載：《藝概・賦概》，台北市：金楓，1986。
120. 劉貴傑：《竺道生思想之研究》，台北市：台灣商務，1990。
121. 劉大杰：《魏晉思想論》，上海：上海古籍，1988。
122. 劉大杰：《中國文學發展史》，台北：華正，1991。
123. 劉躍進：《門閥士族與永明文學》，北京：三聯書店，1996。
124. 劉貴傑：《廬山慧遠大師思想析論：初期中國佛教思想之轉折》，台北縣：圓明出版社，1996。

125. 鄭毓瑜：《六朝情境美學綜論》，台北市：台灣學生，1996。
126. 閻采平：《齊梁詩歌研究》，北京大學出版社，1994。
127. 蔣維喬：《佛學綱要》，台北市：天華，1990。
128. 蔣述卓：《山水美與宗教》，台北縣：稻鄉，1992。
129. 賴永海：《佛道詩禪》，台北市：佛光，1992。
130. 賴永海：《佛學與儒學》，台北市：揚智文化，1995。
131. 賴永海：《中國佛教文化論》，北京：中國青年，1999。
132. 錢志熙著：《魏晉詩歌藝術原論》，北京：北京大學，1993。
133. 龍晦：《靈塵化境 —— 佛教文學》，四川：四川人民，1995。
134. 潘桂明等著：《中國佛教百科全書－歷史卷》，台北縣：佛光，1999。
135. 霍韜晦：《絕對與圓融》，台北：東大，1994。
136. 魏承恩：《中國佛教文化論稿》，上海：人民出版社，1991。
137. 顏崑陽：《六朝文學觀念叢論》，台北市：正中，1993。
138. 顏尚文：《梁武帝》，台北市：東大，1999。
139. 謝重光：《漢唐佛教社會史論》，台北：國際文化，1990。
140. 蕭滌非：《漢魏六朝樂府文學史》，台北市：長安，1981。
141. 蕭滌非：《漢魏晉南北朝隋詩鑒賞辭典》，山西：人民，1989。
142. 簡修煒等著：《六朝史稿》，上海：華東師大，1994。
143. 藍吉富編：《中華佛教百科全書》台北市：中華佛教百科文獻基金會，1994。
144. 藍吉富：《佛教史料學》，台北市：東大，1997。
145. 羅根澤：《魏晉六朝文學批評史》，台北市：台灣商務，1996。
146. 羅宗強：《魏晉南北朝文學思想史》，北京：中華書局，1996。
147. 蘇淵雷等著：《佛學十講》，香港：中華書局，1998。
148. 釋永祥：《佛教文學對中國小說的影響》，高雄縣：佛光，1990。
149. 釋東初：《中印佛教交通史》，東初出版社，1991。
150. 饒宗頤等：《魏晉南北朝文學論集》，台北市：文史哲，1994。
151. 龔本棟釋義：《廣弘明集》，台北市：佛光，1998。
152. （日）小野玄妙：《佛教文學概論》，甲子社書房，大正十四年九月。
153. （日）塚本善隆：《支那佛教史研究·北魏篇》，清水弘文堂，1969。
154. （日）小野玄妙：《佛教經典總論》，台北市：新文豐，1983。
155. （日）中村元：《中國佛教發展史》，台北市：天華，1984。

156. （日）鎌田茂雄：《中國佛教通史》，高雄縣：佛光，1985。

157. （日）岡崎敬等著：《絲路與佛教文化》，台北市：業強，1987。

158. （日）加地哲定著，劉衛星譯：《中國佛教文學》，高雄縣：佛光，1993。

159. （日）野上俊靜等人所著：《中國佛教史概說》，台北市：台灣商務，1995。

160. （日）中村元著，釋見愍、陳信憲譯：《原始佛教 —— 其思想與生活》，嘉義，香光書鄉，1995。

161. （日）水野弘元：《佛典成立史》，台北市：東大，1996。

162. （日）木村泰賢著，歐陽瀚存譯：《原始佛教思想論》，台北：商務，1999。

163. （荷）許里和，李四龍等譯：《佛教征服中國》，江蘇：江蘇人民，1998。

貳、學位論文（依作者姓氏筆劃多寡排序）

1. 丁敏：《佛教譬喻文學研究》，政治大學政治大學中文研究所博士論文，1990。

2. 李鮮熙：《寒山其人及其詩研究》，東吳大學中文研究所博士論文，1991。

3. 蔡榮婷：《唐代詩人與佛教關係之研究》，政治大學中文研究所博士論文，1992。

4. 張森富：《六朝文學與思想心靈境界之研究》，政治大學中文研究所博士論文，1998。

5. 彭雅玲：《唐代詩僧創作論研究》，政治大學中文研究所博士論文，1999年。

6. 林顯庭：《魏晉清談及其玄理研究》，東海大學中文研究所碩士論文，1974。

7. 黃盛璟：《從《弘明集》看魏晉南北朝儒釋道三家的警應》，東吳大學中文研究所碩士論文，1984。

8. 邱敏捷：《袁宏道的佛教思想》，高雄師範大學國文研究所碩士論文，1989。

9. 李皇誼：《維摩詰經的文學特質與中國文學》，東海大學中文研究所碩士論文，1993。

10. 楊俊誠：《兩晉佛學之流傳與傳統文化之交流》，台灣師範大學國文

研究所碩士論文，1991。

11. 羅文玲：《南朝詩歌與佛教關係之研究》，東海大學中文研究所碩士論文，1996。

12. 黃偉倫：《六朝玄言詩研究》，華梵東方人文思想研究所碩士論文，1998。

13. 王晴慧：《六朝譯佛典偈頌與詩歌之研究》，靜宜大學中文研究所碩士論文，1999。

參、期刊論文（依者姓氏筆劃多寡排序）

1. 丁敏〈當代中國佛教文學研究初步評介以台灣地區爲主〉，《佛學研究中心學報》第二期，233〜280 頁。

2. 方立天〈南北朝禪學〉，《宗教學研究》，2000 年第 2 期。

3. 王力堅〈從覺醒到迷誤－六朝文人生命意識對唯美詩歌創作的影響〉，《廣東社會科學》，1994，第五期。

4. 王力堅〈從六朝詩看中國古典詩歌結構的演進〉，《暨南學報》（哲學社會科學），1994。

5. 王力堅〈山水以形媚道－論東晉詩中的山水描寫〉，《學術交流》，1996，第三期。

6. 王力堅〈性靈、佛教、山水－南朝文學的新考察〉，《海南師範學院學報》（人文社會科學版），2000，第一期。

7. 王越群〈佛教初傳中國成功原因探析〉，《渭南師專學報》（社會科學版），1998，第四期。

8. 文智〈達摩祖師之研究〉，《佛教人物史話》，現代佛教學術叢刊第 49 冊。

9. 孔毅、李民〈魏晉玄學的衰弱及其與佛教的合流〉，《許昌師專學報》（社會科學版），1997，第二期。

10. 王晴慧〈試析六朝詩歌所蘊含之佛教文學特色〉，《修平人文社會學報》，2001 年 3 月。

11. 田哲益〈佛教對中國文學及藝術的貢獻〉，《中國語文》六十五卷三期，總號 387，1989 年 9 月。

12. 田哲益〈魏晉玄學與魏晉文學思潮的互動〉，《中華文化復興月刊》第十二期，1990。

13. 田博元〈廬山慧遠學風之研究〉，《佛教人物史話》，現代佛教學術叢刊第 49 冊。

14. 孔繁〈魏晉玄學、佛學和詩〉,《世界宗教研究》,1986 年 3 月。

15. 李立信〈七言詩起源考〉,清華大學主辦《國科會人文計畫成果發表會論文集》,1996。

16. 林文月〈宮體詩人之寫實精神〉,見《中外文學》三卷三期,1974年 8 月。

17. 周健、張嘉軍〈東晉南北朝時期南北之間的佛教〉,《許昌師專學報》,1999,第四期。

18. 周伯戡〈廬山慧遠〉,《歷史月刊》第九期。

19. 洪修平〈論漢地佛教的方術神靈化、儒學化與老莊玄學化－從思想理論的層面看佛教中國化〉,《中華佛學學報》第十二期,1999 年。

20. 洪修平〈從寶誌、傅大士看中土禪風之初成〉,《中國文化月刊》,1994 年 2 月。

21. 孫昌武〈佛教的中國化與東晉名士名僧〉,《傳統文化與現代化》,1993 年第 4 期。

22. 孫昌武〈支遁一袈裟下的文人〉,《中國文化》第十二期。

23. 孫昌武〈慧遠與蓮社傳說〉,《五台山研究》,2000 年第 3 期。

24. 馬現誠〈佛教境界理論與古代文論意境說的形成〉,《學術論壇》,2000,第四期。

25. 陳道貴〈從佛教影響看晉宋之際山水審美意識－以廬山慧遠及其周圍為中心〉,《安徽大學學報》(哲學社會科學版),2000。

26. 陳道貴〈東晉玄言詩與佛教關係略說〉,《湘潭師範學院學報》,2000年 9 月。

27. 湯用彤〈謝靈運事蹟年表〉,見《國學季刊》第三卷第一號,1932。

28. 黃永武〈魏晉玄學對詩的影響〉,見《幼獅月刊》四十八卷第三期,1978。

29. 黃新亮〈漢唐僧詩發展述略〉,《廣西師院學報》(哲學社會科學版),1995 年第 1 期。

30. 張碧波、呂世瑋著〈中國古代文學家近佛原因初探〉,見《東北師大學報》,第三期,1988。

31. 張子開〈傅大士《法身頌》考〉,《宗教學研究》,1997 年第 4 期。

32. 張子開〈《浮漚歌》考〉,《宗教學研究》,1996 年第 3 期。

33. 張伯偉〈略論魏晉南北朝時期音樂與文學的關係〉,《文學評論》,1999 年第 3 期。

34. 普慧〈齊梁崇佛文人游寫佛寺之詩歌〉,《人文雜誌》2000 年第 5

期。

35. 葉日光〈宮體詩形成之社會背景〉，見《中華學苑》第十期，1972
   年9月。

36. 賈占新〈論支遁〉，《河北大學學報》第24卷第3期，1999年9月。

37. 楊寶玉〈《百喻經》述要〉，《五台山研究》，2000年第2期。

38. 蒲慕州〈神仙與高僧—魏晉南北朝宗教心態試探〉，《漢學研究》八
   卷二期，總號16，1990年12月。

39. 劉貴傑〈玄學思想與般若思想之交融〉，《國立編譯館館刊》第一期，
   1980。

40. 儀平策〈中國詩僧現象的文化解讀〉，《山東大學學報》（哲學社會
   科學版），1994年第二期。

41. 蔡惠明〈佛經對漢語的影響〉，《香港佛教》，三八五期，1992 年 6
   月。

42. 蔣述卓〈論宗教藝術的世俗化傾向及其審美創造〉，《暨南學報》16
   卷第4期，1994年10月。

43. 盧明瑜〈六朝玄言詩小探〉，《中國文學研究》第三輯，1989。

44. 蔡日新〈從寶誌與善會看中國禪宗思想的源起〉，《內明》，1997年
   1月。

45. 劉果宗〈支道林在玄學盛興時代的地位〉，《佛教人物史話》，現代
   佛教學術叢刊第49冊。

46. 藍日昌〈傅翕宗教形像的麗史變遷〉，《弘光學報》33期，1999年4
   月。

47. 蘇淵雷〈論佛教在中國的演變及其對社會文化各方面的深刻影響〉
   （上、中、下），《華東師範大學學報》（哲學社會科學版），1983
   年4、5、6期。

48. （日）牧田諦亮〈寶誌和尚傳考〉，《中國佛教史學史論文集》，現
   代佛教學術叢刊第50冊。

49. （日）鐮田茂雄著、黃玉雄譯〈南朝四百八十寺〉，《五台山研究》，
   2000年第3期。